Margret Steenfatt, seit 1970 Schriftstellerin in Hamburg, schreibt Romane, Biographien, Drehbücher, Theaterstücke, Hörspiele. – Veröffentlichungen u. a.: «Ich, Paula. Die Lebensgeschichte der Paula Modersohn-Becker» (1982); «Auch ich bin ein König. Ludwig van Beethovens Kindheit in Bonn» (1988). – Bei rotfuchs liegen außerdem vor: «Charlie, der Clown» (Band 351); «Nele» (Band 437) – «Nele» als Theaterstück: Uraufführung Oktober 1989 im Westfälischen Landestheater – und «In Hausmanns Hölle ist der Teufel los» (Band 513).

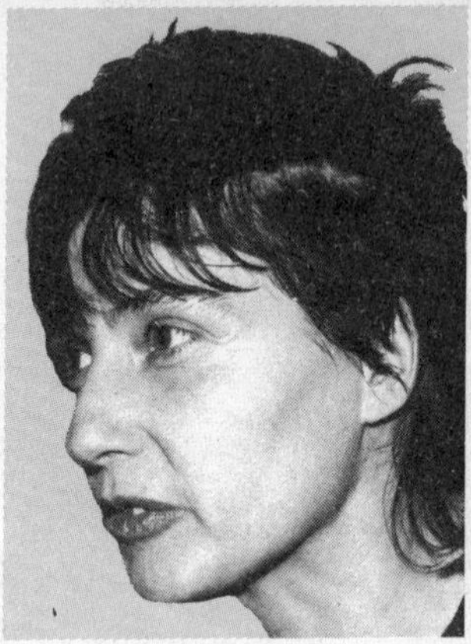

Margret Steenfatt

Anschi ist doch 'ne Hexe

Die Geschichte von einer, die sich nichts vormachen läßt

rororo
Rowohlt

rororo rotfuchs
Herausgegeben von Renate Boldt
und Gisela Krahl

23.–26. Tausend Juli 1990

Originalausgabe
Veröffentlicht im Rowohlt Taschenbuch Verlag GmbH,
Reinbek bei Hamburg, November 1985

Umschlagfoto Sebastian Kusenberg
rotfuchs-comic Jan P. Schniebel
Umschlagtypographie Manfred Waller

Gesetzt aus der Garamond (Linotron 202)
Gesamtherstellung Clausen & Bosse, Leck
Printed in Germany
680-ISBN 3 499 20403 7

Jeder kennt Lasses Vater als besonnenen Mann. Aber am Wochenende ist er so wütend in Lasses Zimmer herumgetobt wie Rumpelstilzchen, nachdem die Königin seinen Namen herausgefunden hat.

Es ging um den neuen Wandschrank aus hellem Kiefernholz, den Herr Bendixen für Lasse gekauft und in stundenlanger Arbeit zwischen Fenster und Hochbett eingebaut hat. Am Sonnabend wollte er das Holz mit durchsichtiger Lackfarbe streichen, um es gegen Kratzer zu schützen. Er stieß die Zimmertür auf, scheuchte Lasse aus dem Bett: «Komm hoch, du Faulpelz!», und dann blieb er mitten im Zimmer stehen und starrte den Wandschrank an. Quer über die Schiebetür steht in großen schwarzen Buchstaben gesprüht:

ANSCHI IST 'NE HEXE

Der Vater weiß nicht, daß Anschi in Wirklichkeit Anja Larsen heißt, und er weiß erst recht nicht, daß Lasse in Anschi verliebt ist. Er denkt nur an seine Arbeit und meint, daß Lasse sie durch die Schmiererei verdorben hat.

Clowns Geburtstag

Wenn Anschi morgens erwacht, sagt sie: «Die Sonne scheint.» Manchmal hat sie recht, aber es gibt viele trübe Tage im Jahr. Deshalb wiederholt sie jeden Morgen ihren Spruch und glaubt, sie könnte hexen, besonders an Regentagen. Sie fühlt mit ihrer Linken nach dem Schalter der Tischlampe, die neben ihrem Bett auf der Apfelsinenkiste steht. Ein Knopfdruck, und das Zimmer wird hell. Anschließend richtet sie ihren Blick auf die blaue Rauhfasertapete gegenüber, an der nichts weiter hängt als ein Clown im bunten Flickenanzug. Seine Nase leuchtet knallrot aus dem weißgeschminkten Gesicht, und die Augen sind von vielen Lachfältchen umgeben.

Klar, daß Anschi zuerst den Clown begrüßt. Er hat gute Laune, auch bei Regenwetter.

Sie setzt sich im Bett auf, zieht die Decke fest um die Schultern und kuschelt sich ins Warme. Gleich darauf wendet sie sich nach rechts, wo an der Wand ihr Bücherregal hängt. Dort stehen ihre Lieblingsbücher, einige liegen auch im Bett, neben dem Bett, unter dem Bett, auf dem Stuhl und auf dem kleinen Tisch. Wie einfach, den Arm auszustrecken, sich ein Buch zu greifen und es auf der Stelle zu verschlingen. Ein tiefes Gähnen. Anschi reckt sich, läßt einen Fuß unter der Bettdecke herausschlüpfen und den Fußboden abtasten, um einen der Hausschuhe zu suchen, die sie abends in die Gegend geschleudert hat. Was für ein Glück! Der rechte liegt in Reichweite. Nun kann sie mit einem Fuß aufstehen, im Zimmer herumhinken und in der Ecke bei der Tür den zweiten Hausschuh finden.

Im Flur begegnet Anschi sich selbst im großen Wandspiegel: hochaufgeschossen, blond, im kurzen, blauen Flanellhemd, ein Buch in der Hand. Carla behauptet, in letzter Zeit habe Anschi sich verändert. Sie wird eine Frau werden. Anschi hat nichts dagegen, eine Frau zu werden. Wie sie dann wohl sein wird?

In letzter Zeit bleibt sie oft vor dem Spiegel stehen und betrachtet prüfend ihr Gesicht. Aber es sieht aus wie immer, die Augen nachdenklich, ein wenig mißtrauisch, die Nase, die sie sich feiner, schmaler wünscht, der Mund mit der zarten Haut, die sie gern mit der Zunge berührt, die Brüste, kleine Rundungen mit Spitzen, die manchmal, wenn sie sie antippt, steif werden und sich am Stoff ihres T-Shirts reiben. Anschi drückt sich fest gegen den Spiegel und spürt ihre Wange, ihre Hände, ihren ganzen Körper an dem kühlen Glas.

Ob Carla wach ist? Es wäre schön, mit ihr zusammen am Küchentisch zu sitzen, zu frühstücken, zu reden.

Leise öffnet Anschi die Tür zu Carlas Zimmer, das durch die Küche von ihrem Zimmer getrennt ist.

Carla schläft noch. Sie darf nicht gestört werden, kommt oft spät in der Nacht von einem Theater- oder Fernseh-Engagement zurück und braucht ihren Schlaf, um sich zu erholen. Meistens frühstückt Anschi allein. Sie tappt in die Küche, füllt den kleinen Kessel mit Wasser und schaltet die Herdplatte ein. Dann hängt sie zwei Beutel mit Früchtetee in die Kanne und läuft ins Badezimmer.

Allein frühstücken ist nicht so lustig wie zu zweit frühstükken. Nachdem Anschi sich gewaschen und angezogen hat, lugt sie noch einmal ins Schlafzimmer. Es wäre doch möglich, daß Carla ausgeschlafen hat, hungrig im Bett sitzt und natürlich sofort aufspringt, wenn sie die Überraschung hört: «Gleich gibt's Frühstück!»

Behutsam zieht Anschi die Tür wieder zu und kehrt in die Küche zurück. Das Wasser brodelt, schnell gießt sie ihren Tee auf, stellt Brot, Butter und Marmelade auf den Tisch, Teller und Tassen für zwei.

Die rote Kerze in der kleinen Tonschüssel, die sie mal in der Schule getöpfert hat, ist erst zur Hälfte heruntergebrannt. Anschi zündet sie an, und nun ist es fast so gemütlich wie mit Carla. Im warmen Schein der Flamme streicht sie sich zwei Brote, eins mit Butter und Marmelade, um es gleich aufzuessen, und eins mit Butter für die Pause in der Schule.

Kurz vor acht verläßt sie das Haus. Ihr Weg zur Schule führt am Supermarkt vorbei, um die Sparkasse herum, zu dem Zeitungsstand, wo der Maulwurf morgens die taz und die Frankfurter Rundschau verkauft. Der Maulwurf heißt eigentlich Berthold, aber Anschi hat ihn ein paarmal auf der Straße schlafend gefunden, auf der Erde neben den Rhododendrongewächsen. Sie hat sich Gedanken darüber gemacht, wo er wohl herkäme, und hatte schließlich die Idee, er wäre aus der Erde gekrochen wie ein Maulwurf.

Als Berthold die Geschichte erfuhr, lachte er und meinte, Anschi habe eine blühende Phantasie. Es macht Spaß, jeden Morgen eine Weile am Stand herumzustehen und sich von Berthold die neuesten Nachrichten vorlesen zu lassen. Er ist ein kluger Mensch und weiß über alles, was in der Welt passiert, genau Bescheid.

Heute ärgert er sich. Anschi sieht es ihm am Gesicht an. Bestimmt geht es um den Streik. Die Arbeiter wollen nicht mehr vierzig, sondern nur noch fünfunddreißig Stunden in der Woche arbeiten. Deshalb streiken sie.

«Stell dir vor», sagt Berthold, «nun sollen sie achtunddreißigeinhalb Stunden arbeiten. Was meinst du dazu?» Anschi freut sich, daß Berthold sie nach ihrer Meinung fragt, obwohl sie vom Streik nicht viel versteht. Sie denkt daran, wie wenig freie Zeit ihr bleibt, seitdem sie in der Orientierungsstufe ist. «Anderthalb Stunden weniger pro Woche sind für die Katz», meint sie. Wie sollen die Arbeiter da mal richtig die Sonne genießen, die sowieso viel zu selten scheint.

«Stimmt», sagt Berthold, «es ist ein fauler Kompromiß.» Er erklärt Anschi, daß ‹Kompromiß› eine Übereinkunft bedeutet, die Zugeständnisse von beiden Seiten verlangt, und dann fragt er: «Mußt du nicht zur Schule?»

Immer fängt Berthold von der Schule an. Er behauptet, Anschi müsse pünktlich sein. Dabei ist er selbst nur wenige Jahre zur Schule gegangen. Die Schule gefiel ihm nicht. Wie kann er verlangen, daß Anschi morgens zur Schule rennt, wenn sie doch viel lieber mit ihm am Zeitungsstand herumsteht und die Zeit vertrödelt.

Sie wartet einen Moment. Vielleicht ändert er seine Meinung und schaut sich noch mit ihr zusammen die Comics in der Zeitung an. Aber Berthold tut sich plötzlich wichtig mit seiner Arbeit, stapelt und packt, obwohl es nichts zum Stapeln und Packen gibt; denn alles ist ordentlich auf dem Tisch ausgelegt. Berthold ist blöd. Er will, daß die Arbeiter es gemütlich haben, und er selbst arbeitet.

«Warum streikst du nicht?» fragt Anschi.

«Ich jobbe. Ich bin mein eigener Herr, ich arbeite nur 'n paar Stunden, bis die Zeitungen verkauft sind.»

«Dann kannst du jetzt auch noch Comics lesen!»

«Nee! Jetzt hab ich Lust auf Arbeit!»

Dann eben nicht! Anschi wirft ihm einen beleidigten Blick zu und sprintet los. Sie ist eine gute Läuferin, Sport zwei, und schafft die Hälfte des Schulweges in fünf Minuten. Danach kommt eine zweite Unterbrechung. Anschi verläßt die Hauptstraße und biegt in die Seitenstraße gleich hinter dem griechischen Restaurant ein. Hier verlangsamt sie ihre Schritte. Unmöglich, durch diese Straße hindurchzurennen.

Die Häuser sind ganz nahe zueinandergerückt, nur eine schmale Gasse liegt dazwischen, auf der gerade ein Auto Platz hat, aber besser fährt man hier Fahrrad.

Welch ein Gefühl, die dicken Pflastersteine durch die weichen Turnschuhsohlen hindurch unter den Füßen zu fühlen! Beim Gehen betrachtet Anschi die Balkone im ersten Stockwerk der niedrigen Häuser. Sie sind aus Eisen geschmiedet, jeder Balkon auf eine besondere Art. Heute morgen schaut Anschi sich den Balkon mit den Vögeln an. Zwischen den schwarzen Gitterstäben hocken aus Eisen geformte Kraniche, die sich an einer kleinen Stange festkrallen. Ihre Köpfe mit den Schnäbeln und fast lebendig wirkenden Augen sind nach verschiedenen Seiten gerichtet, einer nach vorn, und Anschi kommt es vor, als wolle er ihr mit seiner Vogelstimme etwas zurufen. So was Verrücktes denkt sie sich gern aus. Dabei vergißt sie die Zeit.

Kein Mensch vor der Schule, niemand im Hof. Anschi steigt die Treppe im Schulhaus hoch, schlendert den Gang entlang an den Räumen der fünften Klassen vorbei, bis sie zu ihrer Klasse Sechs b kommt. Sie ist es gewohnt, allein durchs stille Schulhaus zu gehen und nicht in den lärmenden Gruppen der anderen. Als sie die Tür öffnet, wenden sich ihr alle Köpfe zu, wie dreißig Kraniche. Anschi sagt: «Guten Morgen» und geht zu ihrem Platz neben Birte. Frau Becker trägt ins Klassenbuch ein, daß Anschi zu spät gekommen ist.

Deutsch macht Spaß, wenn Frau Becker eine Geschichte vorliest oder erzählt, die Geschichte von Ala Ed-Din und der Wunderlampe aus den Tausendundein Nächten zum Beispiel, die sie vorige Woche gehört haben. Aber heute ist Langeweile-Tag. Die Lehrerin schreibt Sätze an die Tafel, die die Klasse in Teile zerlegen muß. Danach werden die Satzteile bestimmt, Subjekt, Prädikat, Objekt, adverbiale Bestimmung. Anschi stellt sich vor, daß das Subjekt, weil es die Hauptperson im Satz ist, mit einem Dirigentenstab in der Hand auf ihrem Tisch steht und dem Prädikat befiehlt, sich vor dem Akkusativobjekt einzuordnen. Die adverbiale Bestimmung der Zeit wird ganz nach vorn geschickt. Unversehens hat Anschi ein hübsches Subjekt mit langen Locken in ihr Heft gemalt.

«Paß auf!» zischt Birte. Sie hat gemerkt, daß Anschi herumspielt. Gleich wird Frau Becker sie erwischen.

Die gute Birte! Anschi ist froh, neben ihr zu sitzen und sie zur Freundin zu haben. Sie mag Anschi so wie sie ist, mit verrückten Ideen, mit schlechten Zeugnissen, mit Carla, die anders ist als andere Mütter.

Heute trägt Birte ihre Jeans mit den breiten Trägern, die durch Metallringe gezogen sind, darunter die blauweißkarierte Sportbluse. Ihre kurzgeschnittenen schwarzen Haare liegen glatt um ihr schmales Gesicht, aus denen ihre Augen, wie immer mit Lust auf Lachen, zu Anschi herüberschauen. Mit Birte kann Anschi richtig Spaß haben, sich alles erzählen, spielen, Quatsch machen, in der Pause und nachmittags, wenn sie frei haben. Aber im Unterricht sagt Birte: «Paß doch auf!» Sie will nicht, daß Anschi sitzenbleibt, will mit ihr zusammen in die siebente, achte und neunte Klasse und vielleicht bis zum Abitur gehen.

Meinetwegen, denkt Anschi, die sich nur selten in der Schule wohl fühlt, aber wegen Birte will sie versuchen, es auszuhalten.

In der großen Pause treffen sie sich mit ihrer Clique in der Wildnis, dem weit abgelegenen Teil des Schulhofs, der noch brachliegt, weil die Behörde kein Geld gibt, um ihn zu bebauen.

Die Wildnis besteht aus zwei Büschen mit grünen Blättern und roten Beeren und einem kleinen Baum, der Mühe hat, in dem kargen Sandboden zu gedeihen. Hier steht noch ein Rest von der alten Schulhofmauer, ein paar Bretter, Mauersteine und Kabelstücke liegen herum.

Anschi und Birte schleichen an der Hausmeisterwohnung vorbei. Vor den Küchenfenstern ducken sie sich. Die Hausmeistersleute dürfen sie nicht entdecken.

«Los!» ruft Anschi und flitzt als erste zwischen den Büschen hindurch zur Mauer. Birte saust hinter ihr her. Ein leiser Pfiff! Das Begrüßungssignal von Lasse und Steff, die schon warten, einer lässig gegen die Mauer gelehnt, der andere bequem im Baum, so als wäre die ganze Welt voller Gemütlichkeit und nicht voller Schule. Der Cliquen-Hund liegt ihnen zu Füßen, er hat sich Lasses Frühstückspaket geschnappt und schüttelt zwei Sardellenwurstbrote aus dem Papier. Als sie zur Erde fallen, macht er sich hungrig drüber her. Der Hund kommt fast jeden Tag in der großen Pause in die Wildnis, niemand weiß woher, ein Straßenköter aus dem Viertel, der sich mit den Kindern angefreundet hat.

Bevor Anschi sich neben Birte auf die Mauer schwingt, schickt sie ein halbes Lächeln zu Lasse hinüber, senkt schnell den Blick und starrt auf das Loch unterm Knie in Lasses Jeans. Neben dem Loch entdeckt sie ein mit Kugelschreiber aufgemaltes Herz, und in dem Herz steht etwas geschrieben. Die Hose hat viele Flicken und Löcher. Ganz sicher war das Herz gestern aber noch nicht da.

Birte und Steff reden wie immer vom Kino, von dem neuesten amerikanischen Schinken, in den alle rennen, weil in Zeitungen und im Fernsehen so viel davon die Rede ist.

«Gehen wir zusammen?» fragt Steff in die Runde.

Anschi und Lasse tauschen einen Blick. Keine Bewegung in Lasses Gesicht, nicht mal ein halbes Lächeln.

«Warum nicht?» meint er schließlich großzügig. Was für ein Getue! Er soll sich nicht einbilden, daß Anschi wild darauf ist, mit ihm ins Kino zu gehen.

«Vielleicht!» antwortet sie schnippisch, kniet sich zum Köter hinunter und krault ihn hinter den Ohren. Er hebt den Kopf und schenkt ihr einen schmachtenden Blick. Anschi wickelt ihr Frühstücksbrot aus. Nun himmelt der Köter sie an.

«Ich hab *auch* Hunger!» sagt sie zu ihm. Im selben Moment schnappen seine Zähne nach dem Brot, blitzschnell ist es in seinem Maul verschwunden. Er ist ganz und gar ins Fressen vertieft, hat seine Augen von Anschi abgewandt. Keine Wärme und Zärtlichkeit, nur Gier liegt in seinem Blick.

«Ich hab ihm doch gesagt, daß ich auch Hunger hab!»

Lasse lacht. «So ein dummer Hund!»

Kaum hat Anschi sich wieder auf die Mauer gehockt, schiebt Birtes Hand eine Papiertüte zu ihr hinüber, legt sie ihr auf den Schoß. Eine Banane und ein halbes Käsebrötchen sind noch drin. Das Papier raschelt, als Anschi in die Tüte greift. Sofort erhebt sich der Köter, reibt den Kopf an Anschis Hosenbein und schaut mit hingebungsvollen, treuherzigen Hundeaugen zu ihr auf.

Unverschämte Töle!

Mit einem Griff zieht Anschi die Schale von der Banane und stopft sich die Frucht in den Mund. Weich und süß zergeht ihr die Köstlichkeit auf der Zunge. Aber noch besser schmeckt das halbe Brötchen mit dem pikanten Käse. Anschi hat oft zugeschaut, wenn Maria, Birtes Mutter, das Frühstück zurechmacht, wie sie das große, scharfe Messer in die Hand nimmt, es oben auf dem Käsestück ansetzt und eine gleichmäßig dicke Scheibe abschneidet, die zur Seite fällt, mit dem Messer aufgenommen und behutsam zwischen das mit Butter bestrichene Brötchen gelegt wird. Danach leuchtet die Käsescheibe gelb und lecker an allen Seiten ein kleines Stück aus dem Brötchen heraus.

Beim Schmausen streift Anschi Lasse wieder mit einem Lächeln. Ihr fällt auf, daß seine Frisur verändert ist. Er muß seine Haare selbst geschnitten haben; denn sie stehen kreuz und quer wild vom Kopf ab.

Lasse erwidert ihren Blick mit einem Grinsen, fährt sich durch die Haare und fängt schnell an zu reden, du lieber Himmel, ausgerechnet über Mathematik, in der nächsten Stunde bei Hartwig.

«Ich muß die Aufgaben von dir abschreiben», sagt er zu Steff.

«Kann man nicht mal in der Pause seine Ruhe haben!» Steff will keine einzige Rechnung herausrücken, ehe er nicht weiß, ob die anderen am Freitag um sechs mit ins Kino kommen.

Lasse sieht Anschi fragend an, er spielt sich nicht mehr auf. Sie hat das Gefühl, es liegt ihm daran, daß sie dabei ist. Deshalb traut sie sich und sagt mit einem ganzen Lächeln zu Lasse: «Klar kommen wir mit!»

Als Mensch ist Hartwig viel netter als in Mathe. Birte und Anschi finden ihn süß, jedenfalls wenn er in die Klasse kommt oder nach der Stunde oder in den Pausen auf dem Schulhof. Er trägt alte Jeans, abgelatschte Turnschuhe, bunte Baumwollhemden und immer seinen braunen Ledergürtel mit dem vom vielen Gebrauch abgeschabten Silberschloß. Anschi mag seine blauen Augen. Birte wäre es lieber, er hätte braune, dafür gefallen ihr seine halblangen, dunklen Haare und sein Bart auf der Oberlippe und ums Kinn.

«Er hat sich heute schlecht rasiert», flüstert sie Anschi zu.

«Und die Nacht durchgesumpft!» kommt es leise zurück.

Was sie zu flüstern hätten, mischt sich plötzlich Hartwigs Stimme in ihre Unterhaltung. Sie sollten es laut sagen, gewiß sei es was Wichtiges zum Unterricht, das alle interessiere.

Erwischt! Hartwig ist nicht mehr süß mit Bärtchen. Er ist Mathelehrer und will von Anschi das Kommutativgesetz wissen. Sie hat es noch nicht vergessen und kann Hartwig zufriedenstellen: $a \times b = b \times a$ für alle a,b Elemente aus N. Wie wenig braucht ein Mathelehrer zu seinem Glück!

Er läßt Anschi in Ruhe und fängt an, Übungsaufgaben an die Tafel zu schreiben. Die Klasse soll multiplizieren, vertauschen und Lösungen finden. Wie schrecklich langweilig sind Zahlen, steif, geordnet in Kolonnen, in Kästchen gefangen. Anschi hat versucht, sie freizulassen, hat ihre Zahlen über die Linien hüpfen lassen und sie nach Lust und Laune über die Heftseite verstreut. Aber sie bekam Ärger mit Hartwig wegen unordentlicher Heftführung, und außerdem stimmten ihre Rechnungen nicht. Also gibt sie sich Mühe, ordnet die Zahlen, verteilt sie, vervielfacht sie, und es macht überhaupt keinen Spaß.

Ihr Vergnügen in der Mathestunde muß sie sich selbst verschaffen. Nach der dritten Aufgabe hat sie eine Idee. Sie wird Lasse einen Liebesbrief schreiben. Sofort wird es spannend. Zuerst kramt Anschi in ihrer Schultasche nach Liebesbriefpapier, nach farbigem, rot, gelb oder blau. Aber sie findet nur Papier mit Linien, mit Karos und weißes Zeichenpapier. Vielleicht eignet sich die Phantasieblume, die sie in der letzten Kunststunde gemalt hat, für einen Liebesbrief. Anschi zieht das Blatt heraus. Orange, blau, grün und gelb breitet sich die Blume über die ganze Seite aus. Sie ist schön, aber zu groß. Unmöglich kann

Anschi sich zwanzig Sätze für Lasse ausdenken. Sie hat noch nie einen Liebesbrief geschrieben. Also teilt sie das Blatt in vier Teile. Lasse bekommt nur eine Viertelblume, aber auch die ist noch wunderbar, wild und zart, leuchtend auf dem Papier.

Bevor Anschi sich ans Schreiben macht, schmiert sie noch schnell zwei Matheaufgaben von der Tafel ab. Sie schlägt auch das Lehrbuch auf, damit ihr Tisch für Hartwig mathemäßig aussieht.

Ihre Freundin merkt, daß sie was anderes als Mathe treibt, und wirft ihr einen mahnenden Blick zu. «Paß doch auf!» Die Wunderblume liegt auf dem Matheheft. Anschi nimmt ihren Füller und schreibt:

Lieber Lasse!

Der Anfang ist leicht. Ein Liebesbrief fängt an mit dem Wort ‹Liebe› oder ‹Lieber›. Doch was dann?

Wenn sie ehrlich sein will, muß sie schreiben: Ich hab Dich gern. Aber es könnte sein, daß Lasse sie nicht gern hat, dann steht sie allein mit ihrem Bekenntnis. Besser sie fragt: Hast Du mich gern? In diesem Fall muß Lasse Farbe bekennen. Hat er sie nicht gern, kann sie vorgeben, es war nur ’ne Frage, nur so zum Spaß.

Was für eine Feigheit!

Anschi ist sich nie sicher, ob jemand sie mag, nicht mal bei Carla ist sie sich sicher. Deshalb fällt es ihr schwer zu schreiben: Ich hab Dich gern.

Aber feige sein will sie auch nicht. Sie wendet den Kopf und schielt zu Lasse hinüber, der drei Tische entfernt am Fenster sitzt und ein Donald-Duck-Heft studiert. Er könnte auch mal zu ihr rüberschielen!

Da mischt Hartwig sich schon wieder in ihre Angelegenheiten. Sie soll an die Tafel kommen und eine Aufgabe vorrechnen. Ein schneller Blick auf Birtes Heft, auf die sauber geschriebene letzte Zahlenreihe, hoffentlich ist es die richtige, dann stößt Anschi ihren Stuhl beiseite und schlendert zur Tafel.

Hartwig grinst leicht, als sie mit Kreide Birtes Zahlen auf die Tafel schreibt. Kreide fühlt sie gern in ihrer Hand, aber sie würde lieber damit malen.

Große Erleichterung. Birte hat die Aufgabe gut vorbereitet. Beim Hinschreiben kann Anschi mitdenken und ein Teilergebnis herausfinden.

«Weiter!» sagt Hartwig. Aber weiter geht es nicht. Mathe vier für Anschi, wie immer.

Eins, zwei, drei, vier, fünf, sechs, kleine Hex! Sie kehrt zu ihrem Tisch zurück und wird bei ihrem Liebesbrief nicht mehr gestört.

‹Lieber Lasse› hat sie mit schwungvollen Buchstaben in die gelbe Blüte der Wunderblume geschrieben, und nun entscheidet sie sich und geht das Risiko ein.

Ich hab Dich gern

schreibt sie in die blaue Blüte, und darunter, wo ein großes, grünes Blatt getuscht und die Farbe etwas zerlaufen ist, schreibt sie:

und Du?

Anja

Der Liebesbrief ist kurz. Aber er enthält alles, was Anschi zu sagen hat, mit Worten und mit Farben. Nun kommt es darauf an, ob Lasse es versteht.

Als es zur Pause läutet, faltet Anschi den Zettel zusammen,

verbirgt ihn in der Hand und läuft vor den anderen hinaus in den Flur, an der Garderobe entlang bis zu der Jeansjacke, die mit einem Ärmel überm Haken hängt. Sie kommt sich vor wie ein Dieb, als sie ihre Hand in Lasses Jackentasche steckt, den Brief hineingleiten läßt, ängstlich umherblickt, ob auch niemand sie beobachtet, losrennt, den Flur entlang und in großen Sprüngen die Treppe runter und durch die Hoftür in den Schulhof entwischt.

Außer Atem lehnt sie sich gegen den Tisch, auf dem in der Pause Ping-Pong gespielt wird. Was für eine Aufregung! Und die Spannung ist noch nicht zu Ende. Was wird Lasse mit dem Brief machen? Wird er ihn überhaupt in seiner Tasche entdekken? Nach und nach strömen die Schüler in den Hof. Birte läuft zu Anschi hinüber. «Was ist los mit dir?» fragt sie und sieht Anschi neugierig an.

«Nichts Besonderes!» Es fällt Anschi schwer, sich zu verstellen. Aber sie kann Birte jetzt nicht die Wahrheit sagen. Mit dem Liebesbrief an Lasse hat auch ihre beste Freundin nichts zu tun. Der Liebesbrief muß ein Geheimnis zwischen Lasse und ihr bleiben.

«Du willst es mir nicht verraten!» sagt Birte enttäuscht.

Gleich kriegt Anschi ein schlechtes Gewissen. Die Freundinnen haben sich immer alles erzählt. «Ich kann nicht», antwortet sie ehrlich und hofft auf Birtes Verständnis. Sie spazieren um den Hof herum. «Kommst du nach der Schule mit zu mir?» fragt Anschi.

Birte schüttelt den Kopf. Um eins steht bei Trautmanns das Mittagessen auf dem Tisch, und nach den Schularbeiten geht Birte heute in den Sportverein. Keine Zeit für Anschi. «Vielleicht morgen.» Plötzlich taucht Lasse hinter Steff und Jörg auf, schießt einen Tennisball in den Hof und jagt mit den beiden Jungen hinterher. «He», schreit Birte, «wir spielen mit!», schnappt Jörg den Ball vor der Nase weg und kickt ihn zu Anschi hin, die ihn hält und zu Birte zurückgibt. Sie sieht Lasse quer über den

Hof laufen. Er trägt keine Jacke. Erleichtert atmet sie auf. Noch weiß er nichts, noch ist alles wie immer.

Nach Schulschluß begegnet ihr Lasse noch einmal. «Tschüß!» ruft er, als er an ihr vorbeiradelt, mit Jacke. In seinem Gesicht deutet nichts darauf hin, daß er den Brief gefunden hat.

Nach Hause geht Anschi einen anderen Weg, nicht den durch die Gasse. Nach-Hause-Gehen ist anders als Zur-Schule-Gehen, langsamer, freundlicher, interessanter, weil Anschi machen kann, was sie will. Ihre Voraussage: ‹Die Sonne scheint› ist nur zum Teil in Erfüllung gegangen. Zu viele Wolken machen sich am Himmel breit, lassen wenig Helle und Wärme durch.

Anschi macht einen Abstecher in die Instrumentenstraße. Mit richtigem Namen heißt die Straße Brückenstraße, aber Anschi hat sie umbenannt, weil es dort Läden gibt, in denen Musikinstrumente verkauft werden. Sie bleibt vor dem Schaufenster stehen, wo die Saiteninstrumente ausgestellt sind, und wartet darauf, daß die Violinen, die Celli, Lauten und Gitarren anfangen, Musik zu machen. Zu diesem Zweck sind sie schließlich hergestellt worden. Wie dumm, daß sie im Schaufenster eingesperrt sind und so viel Geld kosten. Könnte sie nur in den Laden gehen, sich eine Geige nehmen, dazu den Bogen, und ausprobieren, wie es klingt, wenn sie damit über die Saiten streicht! Aber das ist nicht erlaubt, und so bleibt ihr nichts anderes übrig, als davon zu träumen und sich vorzustellen, die Streichinstrumente eins nach dem anderen zu spielen oder die Schlaginstrumente, die im nächsten Laden ausgestellt sind, Trommeln, Bongos in allen Größen, Pauken und ein ganzes Schlagzeug.

Anschi vergißt die Häuser um sich herum, die Läden, die Schaufensterscheiben lösen sich auf, plötzlich gibt es nur noch die Straße, vollgestellt mit Musikinstrumenten, und sie kann sich aussuchen, was sie will: ein Saxophon, eine Klarinette.

«Deine Schultasche!» Erschreckt fährt Anschi zusammen. Eine Frau kommt auf sie zu, trägt ihr das Ränzel nach. «Was sagt deine Mutter, wenn du ohne Schultasche heimkommst?»

«Carla ist meistens nicht zu Hause.»

«Carla?»

Meine Mutter, will Anschi antworten, aber sie ist es nicht gewöhnt, von Carla als ihrer Mutter zu sprechen. Carla ist eben Carla. «Sie ist Schauspielerin», sagt Anschi.

Die Frau mustert sie mißtrauisch, schüttelt den Kopf und geht weiter. Wieder einmal merkt Anschi, wie schwierig alles ist, was mit Carla zu tun hat.

Sie entscheidet sich, nach Hause zu gehen. Die Instrumentenstraße läuft ihr nicht weg, hier kann sie morgen, übermorgen und jeden Tag wieder ihren Spaß haben. Aber heute wäre es möglich, daß Carla in der Küche sitzt und mit dem Essen auf sie wartet. Anschi wünscht sich solche Mittage mit Carla, und weil sie so selten sind, dürfen sie nicht verpaßt werden. Jetzt trödelt Anschi nicht mehr, sie beeilt sich und verspürt plötzlich ein angenehmes Hungergefühl.

Als sie sich dem Dreifamilienhaus nähert, wo sie mit Carla die untere Etage bewohnt, wird sie immer zuversichtlicher, daß heute einer dieser Tage ist, an dem sie beim Essen Gesellschaft haben wird. Gleich wird es sich entscheiden. Schnell den Haustürschlüssel aus der Tasche gefummelt und ihn ins Schloß gesteckt! Schnappt es auf, ist Carla zu Hause.

Aus der Traum! In Wirklichkeit ist Carla natürlich um zwölf aufgestanden, hat beim Fernsehen oder bei ihrer Agentin angerufen und sich verabredet. In diesem Augenblick hockt sie wahrscheinlich mit Leuten in der Kaffeestube beim Frühstück und verhandelt über eine langweilige Rolle, die sie spielen soll. Anschi hat die ganze Wohnung für sich allein und kann machen, was sie will, sich jedes Essen kochen, auf das sie Appetit hat. Aber der Hunger ist vergangen, hat sich davongemacht, wer weiß, wohin.

Auf dem Weg durch den Flur bleibt Anschi kurz vor dem Spiegel stehen, um sich die Zunge herauszustrecken. In ihrem Zimmer pfeffert sie die Schulmappe in die Ecke beim Schreibtisch und erlebt eine Überraschung. Das heißt, eigentlich gehört die Überraschung dem Clown. Vielleicht hat er heute Geburtstag. Jedenfalls hat er ein Geschenk bekommen. An seiner Hand aus Holz ist ein lila Luftballon befestigt.

Behutsam nimmt Anschi das große, runde Ding in die Hand. Wie leicht der Ballon ist! Er könnte sofort aufsteigen und losfliegen. Ein paar leichte Stöße, da bewegt er sich schon, hierhin und dorthin, wohin Anschi will.

Natürlich gehört zum Geburtstag auch ein Festessen. Der Luftballon kommt mit in die Küche. Er soll dabeisein, wenn Anschi für den Clown und für sich ein Geburtstagsessen kocht, ein Luftballon-Menü, Nudeln mit Ketchup.

Als Anschi den Nudelberg zur Hälfte abgetragen und vertilgt hat, fällt ihr der Liebesbrief an Lasse wieder ein. Inzwischen müßte Lasse ihn gefunden haben. Entsetzlich! Ihr wird ganz schwindlig, wenn sie sich ausmalt, was Lasse wohl von ihr denken wird. Vielleicht ruft er sie an, was soll sie dann bloß sagen? Oder er schreibt ihr eine Antwort oder – eine gräßliche Vorstellung! – er zeigt Steff den Brief, und sie lachen sich kaputt.

Mit einemmal ist Anschi von ihrer Idee mit dem Liebesbrief gar nicht mehr begeistert. Der Brief kann furchtbare Folgen für sie haben. Warum mußte sie Lasse einen Liebesbrief schreiben?!

Die Nudeln schmecken nicht mehr. Sie liegen schlaff in der roten Soße, viel zu viele für Anschi allein.

Nachmittags hocken die Schüler vor den Hausaufgaben. Diejenigen, die vergessen haben, die Aufgaben von der Tafel abzuschreiben, rufen an: «Was haben wir in Mathe auf?» Manche rufen nicht an, sondern lassen Freunde für sich arbeiten, von denen sie am nächsten Morgen vor dem Unterricht oder in den Pausen die Ergebnisse abschreiben.

Anschi telefoniert gern mit Birte. Sie hört die Stimme ihrer Freundin, die durchs Telefon heller klingt, und bevor sie sich die Aufgaben durchsagen läßt, schwatzen sie über interessante

Neuigkeiten, heute über den lila Luftballon, und weil Birte ihn nicht sehen kann, soll sie ihn hören. Also streicht Anschi mit der Hand über das mit Luft prall gefüllte Gummi, gibt ein bißchen Druck und fährt solange über die glatte Oberfläche, bis der Ballon ächzt und quietscht.

«Herrlich! Schrecklich!» schreit Birte am anderen Ende der Leitung. «Gruselig!»

Es gibt nichts Schöneres, als sich zu gruseln. Sie genießen es, bis Birte sagt: «Ich muß noch Geschichte üben.»

Na gut, denkt Anschi, ich werd auch mal was tun.

In ihrem Zimmer packt sie die Bücher und Hefte aus, legt sie auf den Schreibtisch und setzt sich. Ihr Blick wandert in die Höhe, verweilt auf dem Clown an der Wand, der sein Geschenk wieder in der Hand hält, und plötzlich merkt sie, daß er unzufrieden ist. Er hat von Carla ein Geburtstagsgeschenk bekommen, aber Anschi hat ihm nichts geschenkt. Natürlich wünscht er sich was von ihr. Sie braucht auch gar nicht lange zu überlegen, womit sie ihm eine Freude machen kann. Die Schularbeiten werden auf später verschoben. Zuerst muß Anschi für den Clown rote, grüne, gelbe, weiße, silberne und goldene fünfzakkige Sterne ringsherum auf den Luftballon malen. Das ist genau das Richtige für ihn an seinem Geburtstag. Die Schachtel mit den Filzstiften liegt in der Schublade und wird nur zu besonderen Gelegenheiten herausgeholt. Solche Gelegenheiten stehen nicht fest, sie tauchen überraschend auf, so wie heute.

In schmalen Rillen liegen die Farbstifte, einer schöner als der andere, nebeneinander in der Schachtel und verlocken Anschi, sie in die Hand zu nehmen, zu fühlen, zu gebrauchen.

Es wird still und behaglich im Zimmer. Von Anschis Hand geführt, gleitet der gelbe Filzstift über die Malfläche, die feuchte Farbe läßt sich leicht verteilen, und der erste Stern, den Anschi sich ausdenkt, erscheint wundervoll und strahlend auf dem Luftballon. Anschi nimmt sich viel Zeit, sie malt und spürt so ein Gefühl wie in der Instrumentenstraße, nur wirklicher, gibt sich

Mühe, malt und malt. Endlich ist sie zufrieden, das Werk ist gelungen und so bunt geworden, wie der Clown es sich vorgestellt hat.

Carla erscheint

Manchmal fragt sich Anschi, warum sie Anja genannt worden ist. Vielleicht wegen der beiden A in den beiden Silben des Namens, genauso wie in dem Namen Carla. Aber Carla ist anders als Anja. In letzter Zeit ertappt sich Anschi dabei, wie sie Carla beobachtet, Carlas Körper, Carlas Gesicht, Carlas Kleider, Carlas Bewegungen. Sie weiß nicht, was sie rauskriegen will, sie kennt doch Carla schon so lange. Was gibt es denn an ihr zu entdecken?

Die Tür geht auf, Carla kommt in die Küche, nein, sie erscheint, schwebt herein, sagt: «Hallo, mein Liebling!» mit ihrer tiefen Stimme, die die ganze Küche erfüllt, und läßt sich mit einem Seufzer auf ihren Stuhl fallen. Sie ist erschöpft von den vielen Proben oder von ihrem Auftritt gestern abend.

Im Nu kriegt Anschi Mitleid, läuft zum Schrank und holt die feine Porzellantasse mit dem Rosenmuster, die Carla gern hat, und stellt sie auf den Tisch.

«Wie lieb du bist», sagt Carla, schaut zu, wie Anschi Kaffeepulver in den Filter schüttet und ihn auf die Kanne setzt. Im Kessel brodelt das Wasser. Anschi gießt für Carla den Kaffee auf. Der erste Schluck, den Carla aus der Tasse nimmt, wirkt Wunder. Die auf dem Stuhl in sich zusammengesunkene Gestalt richtet sich auf, Carla hebt den Kopf, die glanzlosen, müden Augen haben ihren Ausdruck verändert, blicken lebhaft, aufmerksam zu Anschi hinüber.

Heute ist Sonnabend, sie werden zusammen in Ruhe frühstükken und sich was erzählen. Aber vorher flucht Carla über Viktor, den Regisseur, mit dem sie sich gestritten hat. Schon wieder! denkt Anschi, die Viktor kennt. Sie hat bei einer Probe erlebt, wie er die Schauspieler anschreit, wenn sie seine Anweisungen nicht befolgen. «Er bildet sich ein, er könnte sich alles erlauben!» sagt Carla wütend. «Aber nicht mit mir!»

Von einer Sekunde zur anderen hat sich ihr Gesicht in eine böse Grimasse verwandelt. Anschi zweifelt, ob Carla ihn wirklich so verabscheut, denn das Haßgesicht, das sie an einem Tag seinetwegen zeigt, ist am nächsten Tag wieder verschwunden, wenn sie Viktor bei der Begrüßung umarmt und ihn anstrahlt, als wäre er der netteste Typ von allen. Mal so, mal so geht es zwischen Carla und Viktor, seitdem sie beim Fernsehen zusammen arbeiten. Ein Glück, daß Carla mit Anschi anders umgeht als mit Viktor.

Heute gibt es Lieblingsmarmelade und Lieblingsbrötchen. Carla zwinkert Anschi aufmunternd zu, und nun fangen beide an, brechen jede ein Vollkornbrötchen auf, streichen Butter darauf und reichlich süße Erdbeeren. Wie gemütlich, mit Carla zusammen zu schmausen und ihr die neuesten Schulgeschichten zu berichten. Ganz neugierig wird Carla aber, als Anschi ihr von dem Clownsgeburtstag erzählt.

«Aber nein! Ich hab's nicht gewußt!» beteuert Carla. «Der Luftballon war für dich bestimmt!» Dennoch gefällt es ihr sehr, daß Anschi mit dem Clown Geburtstag gefeiert hat. Sie will mehr wissen und fragt, wie alt der Clown geworden ist. Darüber hat Anschi noch gar nicht nachgedacht. Es stimmt, am Geburtstag wird einer alt. Wie alt wird ein Clown? Sehr alt und sehr jung, behauptet Anschi. Aber so etwas gibt es nicht. Entweder sind Leute alt oder sie sind jung.

«Doch», beharrt Anschi, «*mein* Clown kann beides sein!»

Eine verrückte Idee! Carla und Anschi sind begeistert, und nun geht es los mit den Einfällen. Wenn der Clown alt und gleichzeitig jung sein kann, dann ist er auch dick und gleichzeitig dünn, lang und kurz, häßlich und schön, dumm und klug, traurig und fröhlich, ängstlich und mutig, gut und böse, reich und arm, tot und lebendig.

«Das ist wahr», sagt Anschi, sie hat es im Zirkus selbst erlebt. «Hast du schon mal einen Clown gespielt?»

«Der Clown ist männlich», meint Carla. Damit ist Anschi nicht einverstanden. «Wenn er beides sein kann, dann ist er auch gleichzeitig eine Frau und ein Mann!»

Carla lacht. «Du weißt doch, welche Rollen ich spiele!»

«Emanzen», sagt Anschi. Wenn sie Lust hat, blättert sie Carlas Rollenbücher durch und liest in den Texten. Sie hört auch beim Einstudieren der Rollen zu und sagt Carla hin und wieder flüsternd den Text vor.

In ihren drei letzten Filmen hat Carla Frauen gespielt, die ihre Männer verlassen, um sich selbständig zu machen. Angeblich will das Publikum solche Filme sehen. Dabei fällt Anschi ein, daß sie mit Carla zusammen von Arnold, ihrem Vater, weggegangen ist. Komisch, daß Carla nun dasselbe, was sie wirklich gemacht hat, auch noch im Film spielt. Der letzte Film hieß ‹Isabel B.› und handelte von einer Frau mit einer Tochter, die genauso alt ist wie Anschi. Ihre Rolle spielte ein Mädchen, das der Regisseur in einer Schulklasse entdeckt hat. Die Filmtochter von Carla gefiel Anschi nicht, der ganze Film gefiel ihr nicht.

«Diesmal spiele ich keine Emanze», sagt Carla, «sondern eine Köchin.»

«Du kannst doch gar nicht kochen!»

Darauf komme es im Film nicht an, erklärt Carla, sie müsse nur so tun, als ob sie koche. Sie springt auf, läuft zum Schrank, holt einen Topf heraus, stellt ihn auf die Herdplatte, nimmt ein Messer in die Hand, mit der anderen Hand holt sie eine Zwiebel aus dem Gemüsekorb und fängt an, die Schale abzuziehen. Plötzlich wendet sie sich zur Tür. «Gnädige Frau!» ruft sie erschrocken und macht ein Gesicht, als sähe sie ein Gespenst. Die Zwiebel fällt zu Boden.

Anschi kann nicht anders, sie muß auch zur Tür starren. Aber da ist niemand. Carla spielt nur ihre Rolle. «Ich brauch nicht zu kochen», sagt sie, «ich muß nur die Zwiebel schälen, und dann muß ich noch weinen.»

Das ist auch eine Kunst. Carla weint, obwohl sie gar nicht traurig ist, sondern weil es im Drehbuch steht. Manchmal weint sie auch echte Tränen. Dabei kann es passieren, daß Anschi es gar nicht merkt, weil sie denkt, Carla übt ihre Rolle. Mit einer Schauspielerin als Mutter ist das Leben anders als bei Birte mit ihren Eltern und Geschwistern.

«Du könntest auch mal echt was für mich kochen!» sagt sie vorwurfsvoll.

«Aber natürlich!» Um Anschi eine Freude zu machen, wird Carla kochen. Sie betrachtet nachdenklich die Zwiebeln. «Bratkartoffeln mit Spiegelei?» fragt sie unsicher.

«Wir haben keine Kartoffeln und keine Eier im Haus.»

Erleichtert legt Carla das Messer hin, setzt sich wieder zu Anschi an den Tisch, stützt den Kopf in die Hände und beschließt: «Ich werde mich für einen Kochkursus anmelden.»

«Glaub ich nicht!» sagt Anschi, denn Carla hat diese Absicht schon zweimal verkündet und prompt wieder vergessen. Mutter und Tochter grinsen sich über den Tisch hinweg an.

«Die Köchin, die ich im Film spiele, hat in ihrer Küche alles, was sie zum Kochen braucht», sagt Carla, «aber was macht sie, wenn sie hier bei uns kochen muß?»

«Eine gute Köchin kann aus allem und aus nichts was hexen», behauptet Anschi und will es gleich versuchen. Sie kramt in Borden und Schrankfächern und findet eine angebrochene Tüte mit Backpulver, ein Glas mit ein paar Reiskörnern, eine kleine Dose Tomatenmark und im Kühlschrank einen Topf mit Margarine, eine halbvolle Flasche Apfelsaft und zwei verschrumpelte Porreestangen. Ein hübsches Durcheinander! Die Aussicht auf Porreegemüse mit Tomatenmark ist nicht verlockend. Außerdem haben sie gut gefrühstückt und brauchen jetzt kein Mittagessen.

«Laß uns zum Markt gehen und Vorräte einkaufen», schlägt Carla vor.

Glaub ich nicht, denkt Anschi. Wenn das Frühstück beendet ist, fängt Carla an zu arbeiten. Sie macht Stimmübungen, studiert ihre Rolle, telefoniert, trifft sich mit Leuten.

Und schon klingelt im Flur das Telefon. «Bitte nicht stören!» stöhnt Carla, erhebt sich ein Stück und läßt sich wieder in ihren Stuhl zurücksinken. Sie muß den Hörer ja nicht aufnehmen. Mal sehen, sagt sich Anschi und lauert, ob Carla es lange aushält, das Telefon läuten zu lassen. Der Apparat hat sich in ihre Gemütlichkeit gedrängt. Carla guckt den Porree an, als gäbe es werweißwas an ihm zu entdecken, Anschi fegt ihre Brötchenkrümel mit dem Zeigefinger zu einem Häufchen zusammen. Der langgezogene Klingelton macht sich in regelmäßigen Abständen aufdringlich bemerkbar.

Es ist Carla, die nach dem siebenten Läuten in den Flur hastet und sich am Telefon meldet. Nanu? Sie sagt gar nichts, sprudelt nicht gleich los, wie Anschi es von ihr gewöhnt ist, sondern kommt zur Küchentür. «Für dich!» meldet sie, und Anschi kann es gar nicht fassen. Sie wird so selten angerufen, es kann nicht wahr sein, daß diesmal sie und nicht Carla verlangt wird.

«Wer?» fragt sie. Carla zuckt die Schultern. «'n Typ aus deiner Klasse!» Das Frühstück ist vergessen, der Markt ist vergessen. Es macht Anschi nichts mehr aus, belästigt zu werden. «Hallo!» sagt sie in die Sprechmuschel und hört Lasses Stimme, fremd am Telefon, heiser, krächzend: «Wo bist du gestern um sechs gewesen?»

«Nicht im Kino!» antwortet sie frech, aber sofort tut es ihr leid, denn Lasse sagt: «Du hattest es versprochen.» Das ist wahr. Sie könnte sich herausreden: kein Geld, keine Zeit, Mutter erlaubt es nicht, Besuch ist gekommen. Der wirkliche Grund, warum Anschi nicht mit ins Kino gegangen ist, hängt mit dem Liebesbrief zusammen. Lasse hat seit fünf Tagen kein Wort darüber verloren. Also mag er mich nicht, dachte Anschi und traute sich am Freitag nicht, ihn und die anderen zu treffen. Sie bringt es nicht fertig, am Telefon mit der Wahrheit rauszurücken, sagt lieber gar nichts. Daraufhin fällt Lasse auch nichts mehr ein. Bevor er auflegt, fragt er noch, ob es ihre Art sei, sich mit Freunden zu verabreden und sie dann stehenzulassen.

«Du spinnst wohl!» sagt Anschi. Damit ist das Gespräch beendet. Als Anschi an der Küche vorbei zu ihrem Zimmer läuft, hört sie Carla rufen: «War was Besonderes?»

«Nichts Besonderes!» Die Tür fällt hinter Anschi ins Schloß. Sie wirft sich auf ihr Bett. Ärgerlich, daß Lasse den Liebesbrief mit keinem Wort erwähnt hat, aber angenehm, daß er Anschi am Freitag vermißt hat. Mit ihrer Fußspitze gibt sie dem Clown an der Wand einen Schubs, so daß er an seinen Schnüren hin und her schwingt. Wenn sie richtig darüber nachdenkt, ist eben am Telefon doch was Besonderes passiert. Aber das geht Carla nichts an.

Maulwurf und Ortwin

So gern Anschi den Maulwurf trifft, mit ihm redet und die Zeit mit ihm vertrödelt, so wenig mag sie Ortwin, der Carla manchmal besucht. Wenn Ortwin an der Tür klingelt, läßt Carla alles stehen und liegen und stürzt in den Flur, um ihn reinzulassen. Kaum steht er drinnen, fangen sie an zu knutschen. Er stellt sich mit seinem Riesenkörper vor Carla hin und windet seine langen Arme um sie herum, so daß von ihr kaum noch etwas zu sehen ist und Anschi befürchten muß, daß Carla je öfter Ortwin sie umarmt, desto mehr unter ihm verschwinden könnte.

Übrigens redet Ortwin wenig, weil Carla zuviel redet. Sie flattert wie ein Vogel um ihn herum, erzählt von ihren Filmproben, von den Kollegen und von ihrem Ärger mit dem Regisseur, dann macht sie Ortwin vor, wie Viktor im Studio herumgerannt ist, aufgeblasener Frosch. In diesem Moment ähnelt Carla Viktor tatsächlich. Sie reckt die Schultern, wirft den Kopf zurück, ihr Mund wird breit wie ein Froschmaul, und ihre Stimme hört sich genauso an wie Viktors Stimme.

Ortwin ist hingerissen von Carlas Vorstellung. Er sieht sich alle ihre Filme an und kann gar nicht genug davon kriegen, ihr zuzuhören und zuzusehen. Vor lauter Bewunderung fällt ihm selbst nichts mehr ein, nicht mal was für Anschi; doch er ist immer freundlich zu ihr und hat sie auch schon in ihrem Zimmer besucht und ihr Negerküsse mitgebracht.

Natürlich taucht er immer ausgerechnet dann auf, wenn Carla mal Zeit hat, mit Anschi im Café ‹Backwahn› drei Stunden lang rumzusitzen, Eis zu essen und Comics zu lesen.

Gestern hat Anschi sich aus dem Wäscheschrank das Bettzeug mit den gelbbraun gestreiften Tigern geholt, die sich anschleichen, wild herumspringen oder still unter Urwaldbäumen hokken. Jetzt liegt sie inmitten der Tiger auf ihrem Bett und liest drei Bücher, eigentlich sogar sechs, die sie neben sich gestapelt hat, die Märchen aus Tausendundeine Nacht. Es sind sehr alte, zerlesene Bände mit bunten, glänzenden Bildern, die früher mal von Seidenpapier bedeckt waren, und wer sie anschauen wollte, hob behutsam das feine Seidenblatt wie einen Vorhang hoch. Bei einigen Bildern fehlt das Seidenpapier oder es ist zerrissen. Deshalb täuscht Anschi vor, es wäre noch heil, nimmt eine Ecke zwischen Daumen und Zeigefinger – es knistert in einer eigenen, geheimnisvollen Art – hebt es hoch, und darunter kommt das Bild von der schönen Morgiana aus ‹Ali Baba und die vierzig Räuber› zum Vorschein. Die Frau trägt duftiges Seidenzeug, eine bunte Kappe mit Glöckchen auf dem langen, dunklen Haar, einen Gürtel aus Goldstoff, ihre Hand- und Fußgelenke sind mit goldenen Ringen geschmückt, in der Hand hält sie einen Dolch. Sie tanzt vor Ali Baba und seinem Feind, dem Räuberhauptmann, und wird nach dem Ende des Tanzes den Bösewicht ermorden. Jedesmal wenn Anschi das Bild betrachtet, findet sie es spannend, das Märchen noch mal zu lesen. Aber sie kann sich auch andere Märchen aus den drei Bänden aussuchen, die sie sich zuerst vorgenommen hat, und wenn es ihr gefällt, kann sie alle sechs Bände nacheinander durchblättern. Tausendundein Märchen, was für ein Reichtum!

Die Märchenbücher sind ein Weihnachtsgeschenk von Arnold. Vor zwei Jahren, als er sich am ersten Weihnachtstag mit Anschi an der Bushaltestelle traf, trug er das Paket, das in dunkelbraunes Glanzpapier gewickelt und mit einer gelben Schleife verziert war, unterm Arm.

Dieser Weihnachtstag ist Anschi in besonderer Erinnerung geblieben. Es war ein kalter Tag. Sie trug neue Pelzstiefel, die bei jedem Schritt an den Zehen drückten und schmerzten, so daß sie nur noch daran dachte, ihre Füße aus dem Gefängnis zu befreien. Arnolds Wagen parkte mit laufendem Motor auf der gegenüberliegenden Straßenseite. Drinnen war es warm, und als Anschi die Stiefel ausgezogen hatte, wurde es gemütlich. Bevor Arnold startete, reichte er Anschi mit einem Lächeln das Paket nach hinten, und während sie durch den Winternachmittag langsam in Richtung Stadtwald fuhren, zog Anschi die gelbe Schleife auf und faltete das Geschenkpapier auseinander.

Die eine oder andere Geschichte aus Tausendundein Nächten, die von Sindbad, dem Seefahrer, die von Ala-Ed-Din und der Wunderlampe, hatte sie erzählt bekommen oder gelesen. Aber nun hielt sie sechs Bücher mit vielen tausend Seiten Dünndruckpapier in Händen und konnte ermessen, daß Schehrezad tausendundein Nächte gebraucht haben mußte, um dem König Schehrijar so viele Märchen zu erzählen.

Während der Autofahrt erfuhr Anschi auch noch, wie Arnold die Bücher in einem Antiquariat entdeckt hatte.

Eine ganze Reihe von Anschis Büchern sind Geschenke von Arnold, aber bisher hat sie noch niemals eine solche alte Ausgabe besessen, die nach dem arabischen Urtext übersetzt worden ist. Arnold erzählte Anschi von dem Laden, in dem vier Wände bis obenhin mit Büchern vollgestopft sind. An einem Tisch zwischen Bücherstapeln sitzt die alte Frau, die jedes Buch kennt. Manche Leute, die zu Hause eine Bibliothek haben, verkaufen ihre Bücher, weil sie Geld brauchen, und die Frau, die Antiquarin, sucht sich die besten aus und verkauft sie in ihrem Laden für ein Drittel des Neupreises oder noch billiger. Alte Bücher können aber auch teuer sein, solche, die früher berühmt waren und von denen es nur noch wenige gibt.

Wie die alte Frau aussähe, wollte Anschi wissen.

«Hübsch», sagte Arnold, «braunes Kleid, weißer Kragen, Ringellöckchen, kluge Augen. Ich kenn sie schon lange.»

Vorsichtig schlug Anschi den ersten Band der Märchen auf, berührte die dünnen und doch festen Seiten vorsichtig mit den Händen und fragte Arnold, wie er die Märchen unter den vielen alten Büchern entdeckt hätte.

«Es war Zufall. Stell dir vor, neben dem Tisch eine Kiste voller Bücher. Frau Hoffmann greift eins nach dem anderen heraus, schreibt Preisschilder und trägt die Bücher zum Schaufenster.»

Arnold wandte den Kopf nach hinten, warf Anschi einen kurzen Blick zu und verlangsamte die Fahrt. Der Stadtwald kam schon in Sicht.

«Sie hatte drei von den Büchern zum Verkauf ins Schaufenster gelegt.»

Anschi umfaßte das Geschenk auf ihrem Schoß mit beiden Armen.

«Die nächsten drei will sie eben wegtragen, da lese ich: ‹Die Erzählungen aus den tausendundein Nächten›!»

«Und du hast ihr die Bücher weggenommen», sagte Anschi, «und sie hat die drei ersten wieder aus dem Schaufenster rausgeholt.»

«Richtig! Ich hab alle sechs für dich gekauft, bevor sie mir ein anderer Kunde wegschnappen konnte.»

«Da haben wir aber Glück gehabt», freute sich Anschi, packte die Bücher sorgfältig wieder ins Geschenkpapier, band die Schleife um das Paket und verwahrte ihre Weihnachtsfreude im Kofferraum. Der Winterspaziergang mit Arnold war märchenhaft, denn Arnold erzählte Anschi ein paar von den Geschichten aus tausendundein Nächten.

Jedesmal wenn Anschi nun eines der Märchenbücher aufschlägt, kommt es ihr so vor, als dufte das Zimmer nach Weihnachten. Heute ist sie gerade an der Stelle angelangt, wo Morgiana die Räuber in den Ölschläuchen findet, da läutet es an der Wohnungstür. Anschi kann sich schon denken, wer es ist. Wieder ist ein Sonnabend mit Carla futsch.

Mit Ortwin will Anschi nichts zu tun haben, sie will nicht einmal wissen, wie er aussieht. Es interessiert sie nicht, sie hat nie genau hingeschaut. Ganz sicher aber ist er häßlich. Er stört Anschi beim Lesen und Carla bei ihren Stimmübungen. Seit einer halben Stunde haben Carlas Stimmübungen Anschi beim Lesen begleitet, die Tonleiter in verschiedenen Tonlagen von c bis g hinauf und wieder hinunter. Carla singt die Töne auf den Buchstaben a und na, o und no, e und ne, i und ni. Der Gesang ist Anschi nicht unangenehm, er gehört zu dem Carla-Anschi-Wochenende. Aber Ortwins Stimme paßt nicht dazu. Sobald er in die Wohnung gekommen ist, singt Carla nicht mehr. Ortwin wird zur Hauptperson, die Wohnung ist voll von ihm, und Carla ist so weit entfernt, als wäre sie nicht zu Hause, sondern auf dem Mond.

Am besten telefoniere ich mit Birte, wir gehen schwimmen oder Rollschuh laufen, beschließt Anschi. Aber als sie Birtes Nummer gewählt hat, nimmt bei Trautmanns niemand den Hörer auf. Trotzdem läuft Anschi los, sie kann Birte auch unterwegs von einer Telefonzelle aus noch mal anrufen.

Nach einem längeren Fußweg durchs Viertel und einem Schaufensterbummel auf der Hauptstraße kommt die erste Telefonzelle in Sicht – ‹Ruf doch mal an› empfiehlt die Bundespost. «Ich tu's ja schon!» murmelt Anschi, aber der Spruch könnte natürlich auch bedeuten, daß sie nicht Birte, sondern jemand anders anrufen soll, den sie gewöhnlich nicht anruft, zum Beispiel Lasse.

In der Telefonzelle schiebt sie zwei Groschen durch den Geldschlitz, drückt sechs Tasten mit den Zahlen von Birtes Telefonnummer und starrt, während sie es läuten läßt, durch die Glasscheibe zu Maulwurf hinaus, der wie immer an seinem Stand beschäftigt ist.

Birte meldet sich nicht. Die Münzen fallen mit lautem Klirren in die kleine Schüssel am Apparat, und Anschi klaubt sie heraus, überlegt, ob sie Lasse anrufen soll.

Was aber, wenn etwa Lasses Mutter oder sein Vater an den Apparat kommt?

«Hier ist Anschi!» Natürlich kennen Lasses Eltern keine Anschi und stellen vielleicht unangenehme Fragen. Wenn es um Freunde geht, sind Eltern manchmal schrecklich neugierig. Aber es könnte auch sein, daß Lasses Eltern zu der netten Sorte gehören, die sich nicht in Privatangelegenheiten einmischt.

Anschi läßt die Geldstücke in ihrer Hand klimpern, steckt sie dann noch mal in den Schlitz und will Lasses Telefonnummer eintippen. Aber sie hat sie vergessen. Das ist ihr noch nie passiert. Bis heute hat sie jede Telefonnummer, die sie einmal gehört hat, im Kopf behalten. Leider kann sie auch nicht im Telefonbuch nachschlagen. Bendixens sind umgezogen und haben ihre neue Nummer noch nicht eintragen lassen. Ich bin in Mathe 'ne totale Niete! denkt Anschi, nicht mal mehr Telefonnummern kann ich mir merken! Wie tröstlich ist es, den Maulwurf zu sehen. Ihn kann sie erreichen, weil er jeden Tag an seinem Platz steht. Also verläßt sie die Telefonzelle und rennt zum Zeitungsstand. Maulwurfs Gesicht fängt an zu strahlen, als er Anschi auf sich zukommen sieht.

«Du kannst mir helfen!» sagt er. «Wir teilen uns die Arbeit

und haben danach frei!» Eine wunderbare Idee! Und es macht Spaß, hinter dem Stand zu stehen, das Geld in Empfang zu nehmen und den Leuten dafür eine Zeitung zu überreichen.

Den Maulwurf kennt Anschi in- und auswendig. Von außen sieht er dreckig aus, trägt jeden Tag eine graue Tuchhose mit Fettflecken, dazu schwarze Schuhe, die er niemals putzt. Bei kaltem Wetter zieht er einen braunen Wollpullover über, und wenn es warm ist ein graues T-Shirt mit der Aufschrift IBIZA, das ihm um die Hüften schlottert, weil es zwei Nummern zu groß ist. Maulwurf hat Anschi verraten, daß er das T-Shirt vom Grabbeltisch geklaut hat. Seine Hose hängt ihm auch lose um die Hüften, denn er ist sehr mager. Das kann Anschi an seinen Armen erkennen, wenn sie manchmal ihre Muskeln mit seinen vergleicht. Er hat zarte, schlanke Hände, schmutzige Fingernägel, und am Ringfinger trägt er einen Silberring, dessen Geschichte er Anschi mal erzählen will. Am schönsten sind Maulwurfs Augen, von einem dunklen Blau mit Grau und ein bißchen Grün. Sein Bart ist nie gut geschnitten. Er behauptet, seine Schere sei stumpf. Kräftiges, lockiges Haar hängt ihm bis auf die Schultern. Anschi mag den ganzen Maulwurf gern leiden.

Innen hat er Probleme. Er hat Anschi erzählt, wie es ihm als Kind ergangen ist. Seinen Vater kennt er nicht, und seine Mutter hat ihn als Baby zu Pflegeeltern gegeben. Der Pflegevater war sehr nett, aber in der Familie lebten noch fünf andere Kinder, die Eltern konnten sich nicht um jedes kümmern. Sie bekamen Geld von der Behörde für jedes Pflegekind, alle Kinder hatten ihr Bett und satt zu essen. Aber der Maulwurf wollte wissen, wer seine richtigen Eltern waren. Niemand konnte es ihm sagen.

«Vielleicht kriegst du es noch raus», hat Anschi mal gemeint, Maulwurf antwortete nur: «Sicher nicht.»

Heute findet Anschi ihn verändert, sie bemerkt erst nach einer Weile sein neues T-Shirt, das ihm genauso wie das alte viel zu groß ist. Aber es hat hübsche blauweiße Streifen.

«Wie elegant!» sagt sie. «Wo hast du es geklaut?»

Maulwurf antwortet nicht. Gerade steht ein Zeitungskunde am Stand und will die Rundschau kaufen.

«Wo??» fragt Anschi lauter.

«Bei Faber!» brüllt Maulwurf. «Gekauft!» brüllt er, aber erst, nachdem der Kunde um die Ecke verschwunden ist.

Anschi lacht. Maulwurf hat Schiß. Klauen kann er, aber Schiß hat er. Sie glaubt nicht, daß er das T-Shirt gekauft hat.

«Wie gefällt es dir?» fragt er.

«Du siehst toll aus!» Sie nimmt einen Packen Zeitungen unter den Arm und läuft damit zur Straßenkreuzung. Hier kommen viele Leute vorbei.

«Die Tageszeitung!» schreit Anschi so laut sie kann. «Die Frankfurter Rundschau!»

Bald ist Maulwurfs Vorrat aufgebraucht, es gibt nichts mehr zu tun für Anschi. Sie könnte Birte wieder anrufen. Aber Maulwurf will den Verdienst mit Anschi verjubeln, mit ihr am Kiosk Bratwurst essen und Cola trinken.

«Aber dann ist dein Geld weg», gibt Anschi zu bedenken. Maulwurf muß Miete für sein Zimmer bezahlen.

«Ich darf wohl einmal im Jahr meine Kollegin zum Essen einladen», sagt er mit beleidigter Miene. «Außerdem hast du heute selbst was verdient. Wir können es ausrechnen und dich ausbezahlen!» Das ist noch besser als eingeladen zu werden. Was für ein Tag, an dem Anschi eine Arbeitskollegin ist und zum erstenmal Lohn empfängt! Für eine verkaufte Zeitung gibt Maulwurf ihr dreißig Pfennig, für dreißig Exemplare neun Mark. Nun will Anschi lieber den Maulwurf zum Essen einladen. Neun Mark reichen für zwei Bratwürste und zwei Colas.

«Kommt nicht in Frage!»

Die vielen Geldstücke liegen schwer in Anschis Hosentasche. Bei jedem Schritt spürt sie, wie reich sie ist. Als sie bei der Bratwurstbude neben dem Stadtbahnhof ankommen, werden sie von der Frau im weißen Kittel, die für hungrige Leute einen ganzen Rost voller Bratwürste bereithält, freundlich empfangen.

«Hallo, Berthold!» begrüßt sie den Maulwurf und fragt ihn, ob er seine Tochter mitgebracht hat. Maulwurf guckt Anschi an, und Anschi guckt den Maulwurf an. Warum nicht?

Aber Anschi hat es besser als Maulwurf. Sie kennt ihren Vater Arnold und braucht keinen Ersatzvater. Wenn sie jedoch einen brauchte, wäre Maulwurf der richtige.

«Sie ist meine Arbeitskollegin», sagt er zu der Frau.

Das wird ihm nicht abgenommen. Mißtrauisch fixiert die Frau Maulwurf und Anschi. Wollen die beiden ihr einen Bären aufbinden? Da zieht Anschi ein paar von den Münzen aus ihrer Tasche und bestellt sich eine große Bratwurst mit Senf und Brot, dazu eine Cola. Die Frau kann selbst sehen, daß Anschi gearbeitet und Geld verdient hat. Maulwurf bestellt: «Noch mal dasselbe!» Sie nehmen das Essen auf Papptellern entgegen und stellen sich an einen Stehtisch beim Fenster. Anschi kann ihre Bratwurst genauso schnell hinunterschlingen wie Maulwurf. Aber die Cola-Flasche kann sie nicht wie er in einem Zug leertrinken. Nach dem Imbiß trennen sie sich: «Tschüß! Schönen Sonntag!»

Der Sonnabendvormittag ist wie im Flug vergangen, und wenn Anschi Glück hat, kann sie Birte nachmittags noch treffen. Übrigens hat Maulwurf gesagt, wenn Anschi frei hat, kann sie mal wieder bei ihm arbeiten.

Rendezvous mit Lasse

Als Anschi den Liebesbrief an Lasse schon fast vergessen hat und davon ausgeht, Lasse hat ihn verloren, passiert es, natürlich bei Hartwig in der Mathestunde, und beinahe wäre es schiefgegangen.

Diesmal beteiligt Anschi sich am Unterricht, denn Hartwig

hat gesagt, sie kriegt 'ne Fünf, wenn sie so weitermacht. Wegen der Versetzung muß sie aber eine Vier in Mathe haben. Sie hat sich schon dreimal gemeldet, und Hartwig ist gerade dabei, eine Übungsaufgabe an die Tafel zu schreiben, da segelt eine Papierschwalbe durch den Klassenraum und fällt nach einem Schwenk im Sturzflug ganz in Hartwigs Nähe zu Boden. Hartwig hat Ohren wie ein Luchs, dreht sich um und kassiert die Schwalbe ein, dann schreibt er an der Tafel weiter, als sei nichts geschehen.

Die Schwalbe hat Lasse losgeschickt, die Klasse weiß Bescheid, aber Lasse ist furchtbar erschrocken, Anschi erkennt es, als sie zu ihm rüberschielt. Er braucht doch nichts zu befürchten, Hartwig nimmt niemandem eine Papierschwalbe übel. Wenn Lasse solche Angst hat, muß noch etwas anderes dahinterstecken. In der Pause wird Anschi es erfahren. Aber jetzt muß sie an die Tafel kommen und die Übungsaufgabe vorrechnen. Weil sie aufgepaßt hat, macht sie nur zwei Fehler. Sie kriegt ein kleines Lob von Hartwig.

Heute hat Hartwig die Pausenaufsicht. Er dreht wie immer seine Runden um den Schulhof, als Anschi herauskommt. In den Pausen ist Hartwig gern beim Spiel dabei, er redet auch mal persönlich und nicht über Mathe mit den Schülern. Aber heute benimmt er sich wirklich komisch. Kaum hat er Anschi erblickt, da winkt er ihr. «Komm mal schnell her!» ruft er und zwinkert ihr zu, als gäbe es zwischen ihnen was Geheimnisvolles. Sie beeilt sich und fragt sich gespannt, was er wohl von ihr will. Als sie bei ihm anlangt, packt er sie bei der Hand, rennt los und zieht sie mit sich quer über den Hof bis zur Turnhalle. Ein Blick zurück, niemand hat sie beobachtet, im Nu verschwinden sie ums Haus. Hinter der Turnhalle ist es einsam, kein Mensch hält sich hier in der Pause auf.

«So!» sagt Hartwig zufrieden und läßt Anschi frei. Gleichzeitig hat er die Papierschwalbe aus seiner Tasche gezogen. Mit zerknitterten Flügeln liegt sie in seiner Hand. Was soll der Quatsch! Anschi hat nichts mit der Schwalbe zu tun. Sie kann nicht mal eine falten, vergißt immer wieder, wie es gemacht wird. Doch Hartwig schaut sie mit einem Verschwörerblick an, zaubert aus dem Inneren der Schwalbe einen ganz klein zusammengefalteten Zettel heraus, gibt ihn Anschi und sagt: «Post für dich!»

Sie liest ihren Namen auf dem Zettel. Mit roter Schrift ist er in krakeliger Schrift draufgeschrieben. Vielleicht macht sie ein erschrecktes Gesicht, denn Hartwig beruhigt sie: «Ich hab nichts gelesen, ich hab den Brief nicht aufgemacht. Schließlich ist er nicht an mich gerichtet!» Ein Stein fällt Anschi vom Herzen. Hartwig ist der netteste Mathelehrer von allen. Er geht auch sofort, nachdem er die Post abgeliefert hat, und läßt Anschi mit dem Zettel hinter der Turnhalle allein.

Langsam faltet sie ihn auseinander, mag gar nicht lesen, was da geschrieben steht. Sie ahnt, daß der Brief von Lasse kommt. Vielleicht muß sie gleich erfahren, daß er sie blöd findet. Aber dann traut sie sich doch und sieht, daß Lasse noch weniger geschrieben hat als sie:

Lasse ♡ Anschi x
Anschi ♡ Lasse:
(bitte ankreuzen)
Lasse

Anschi ist enttäuscht. Sie hat ihr schönstes Phantasiebild für den Liebesbrief an Lasse geopfert und sich getraut, ihm zu gestehen, daß sie ihn gern hat. Und was tut er? Schickt ihr ein Formular, so eins zum Ankreuzen wie beim IQ-Test, mit dem sie von der Behörde geprüft werden, ob sie verrückt sind oder nicht. Hält Lasse sie vielleicht für 'n Computer? Ein schöner Liebesbrief! Sie zerknüllt den Zettel in ihrer Hand zu einem Klumpen.

Unzufrieden trottet sie zum Schulhof zurück. Einen Augenblick lang denkt sie daran, den Zettel wegzuwerfen. Aber sie bringt es nicht fertig. Irgend etwas gefällt ihr an dem Brief. Sie weiß nur noch nicht was. Direkt vor dem Papierkorb, der wieder bis obenhin mit Abfällen vollgestopft ist, fällt es ihr ein. Der Brief beweist, daß Lasse sie gern hat.

Aber Anschi will auf keinen Fall die zweite Zeile ankreuzen. Das ist ihr zu dumm. Auf diesen verrückten Brief wird sie noch viel verrückter antworten, sie wird sich etwas ausdenken, das Lasse wie 'ne Rakete in die Luft gehen läßt.

Plötzlich taucht er von rechts auf, platzt in ihre Gedanken. Er bringt keinen albernen Spruch wie sonst, sagt gar nichts, guckt nur ein bißchen verlegen. Jetzt kann Anschi triumphieren, denn sie hat den Brief, und Lasse weiß nichts davon. Unverschämt grinst Anschi ihn an, sie macht ihn an, sie flirtet mit ihm; auf diesen Liebesbrief wird er noch sein blaues Wunder erleben, der arme Lasse!

Es läutet zur dritten Stunde. Anschi hüpft vergnügt über den Hof, durch die Tür, zwei Stufen auf einmal die Treppe hinauf und den Flur entlang bis zum Klassenzimmer. Liebesgeschichten sind schrecklich aufregend!

Wie spannend alles noch werden kann, begreift Anschi, als sie nachmittags in ihrem Zimmer zusammen mit dem Clown auf den Gedanken gekommen ist, Lasse ein Telegramm zu schicken. Noch nie im Leben hat Anschi ein Telegramm aufgegeben. Sie weiß nur, daß es auf der Post gemacht werden muß. Den Text hat sie sich schon ausgedacht und auf eine Heftseite geschrieben.

Anschi will Lasse mit dem Telegramm zu einem ‹Rendezvous› einladen. Rendezvous ist französisch, sie hat das Wort am U-Bahn-Zeitungskiosk gelesen, wo hinter der Fensterscheibe viele bunte Hefte ausgelegt sind mit Bildern von Frauen, denen der Busen halb aus dem Ausschnitt hängt, und die Romane heißen «Gräfin Magdas schwerste Stunde», «Liane will höher hinaus», «Liebe im Hinterhof». Auf einem Heft war ein Jahrmarkt abgebildet mit Buden und Karussells, und bei der Kettenschaukel stand ein schönes Mädchen mit schwarzen Haaren und schwarzen Augen. «Rendezvous mit Rocco» hieß das Heft, und Anschi hat sich gedacht, daß das Mädchen auf ihren Freund Rocco wartet.

Sie hat vergessen, wie das französische Wort geschrieben wird. Deshalb holt sie die Leiter aus dem Flur, stellt sie in Carlas Zimmer vor dem Bücherregal auf, steigt bis zur letzten Sprosse hoch und nimmt das Lexikon P Q R heraus. Es dauert eine Weile, bis sie ‹Rendezvous› gefunden hat. Richtig! Es bedeutet ‹Verabredung›! Lexikon ins Bord, Leiter in den Flur zurück, was für ein Umstand für ein einziges Wort! Aber nun wird es wieder spannend. Anschi nimmt den vorbereiteten Zettel, holt ihr Fahrrad aus dem Keller und radelt zur Post. Die restlichen Markstücke von ihrem Zeitungsverdienst werden zur Bezahlung des Telegramms ausreichen.

Auf der Post stehen über jedem Schalter Bezeichnungen: ‹Eilbriefe›, ‹Postsparkasse›, ‹Postwertzeichen in kleinen Mengen›, ‹Postschecks›, ‹Einzahlungen› und endlich über dem Schalter 3: ‹Telegramme›.

Die Spannung nimmt zu, als die Postbeamtin ein Telegrammformular unter der Glasscheibe zu Anschi hindurchschiebt. «Bitte ausfüllen!»

Was für ein kompliziertes Papier mit Worten, Buchstaben, langen und kurzen Spalten, Kästchen. Niemals kann ich das ausfüllen! denkt Anschi. Sie geht langsam zum Tisch, legt das Formular hin, setzt sich davor, guckt und guckt, liest und liest, bis die Buchstaben vor ihren Augen verschwimmen und sie das Gefühl hat, gar nichts mehr zu verstehen.

Also macht sie eine kleine Pause und starrt die Sonderbriefmarken an, die in einem Glaskasten an der Wand ausgestellt sind, Briefmarken mit Abbildungen von Schmetterlingen, Blumen, Musikinstrumenten. Wie schön wäre ein Liebesbrief mit einer Sondermarke, überlegt sie sich, und ihr fällt wieder ein, weshalb sie in die Post gekommen ist. Keinesfalls wird sie unverrichteterdinge wieder nach Hause fahren. Sie will einen Versuch machen und ihren Text eintragen, am besten in der Mitte des Formulars, wo mehrere Linien mit einem dicken schwarzen Strich umrandet sind. Darüber steht gedruckt: «Die schwarz umrahmten Teile sind vom Absender auszufüllen. Bitte Rückseite beachten.» Die Rückseite beachtet Anschi nur sehr flüchtig, denn die ist noch viel unverständlicher als die Vorderseite. Ich bin der Absender! denkt sie und schreibt nun sauber und deutlich in die Mitte:

Rendezvous,
Freitag, 3 Uhr,
im Paternoster,
Anschi

Sie nimmt das Formular und stellt sich beim Schalter an. Während sie wartet, malt sie sich aus, wie ein Telegrammbote nachts durch die Straßen fährt, bei Lasse vor der Haustür angedonnert kommt, bremst, vom Motorrad springt, zum Eingang rast und bei Bendixen klingelt. Die Tür wird geöffnet, Lasses Mutter steht im Nachthemd da … Schon ist Anschi an der Reihe, sie gibt der Postbeamtin das Telegramm.

«Du mußt noch den Namen des Empfängers und die Anschrift hier eintragen», sagt die Frau und zeigt Anschi die Spalte, «und unten rechts deinen Namen und deine Anschrift, und bitte alles in Druckschrift!»

Das ist nicht zum Aushalten. Anschi muß noch mal von vorn beginnen, bekommt ein neues Formular und macht sich wieder an die Arbeit. Lasse hat keine Ahnung, wie sehr sie sich seinetwegen anstrengen muß!

Nach zehn Minuten steht sie abermals in der Schlange und spinnt weiter, daß Frau Bendixen an Lasses Zimmertür hämmert. «Ein Telegramm!» Lasse schläft wie ein Murmeltier. «Ein Telegramm! Ein Telegramm!» Oder öffnet die Mutter etwa das Telegramm und liest, was Anschi geschrieben hat? Bei dieser Vorstellung durchfährt Anschi ein heftiger Schreck. Doch nun ist es passiert. Sie kann nicht mehr anders, als das Telegramm abzugeben. Vom Zeitungsgeld bleibt nach dem Bezahlen sogar noch ein Groschen übrig.

Als Anschi die Post verläßt, fühlt sie in ihrem Innern eine große Leere. Fürs erste ist die Aufregung vorbei, aber spätestens Donnerstag wird sie von neuem beginnen.

Donnerstagabend kann Anschi nicht einschlafen. Das Rendezvous geistert durch ihre Gedanken, morgen um drei im Paternoster der Meldebehörde. Paternosterfahren ist bei den Schülern beliebt. Jeder kennt das kribbelnde Gefühl im Bauch, wie im Riesenrad auf dem Jahrmarkt, aber in der Meldebehörde kostet es nichts.

Im Bett denkt Anschi sich aus, daß sie mit Lasse, in den sie verliebt ist, in einer der schmalen Kammern des Paternosters nach oben fährt, selbstverständlich über den Boden und wieder runter und durch den Keller. Ein Film läuft in Anschis Gedanken ab mit ihr und Lasse im Keller und auf dem Boden, und weil sie allein ist und niemand ihre Gedanken lesen kann, stellt sie sich was ganz Wahnsinniges vor.

Fünf nach drei steigt Anschi am Freitag von ihrem Rad, stellt es in den Ständer und schließt es mit der Eisenkette an. Sie zuckt zusammen, als Lasse mit seinem Rad plötzlich zwischen zwei parkenden Autos hindurchgeflitzt kommt und knapp vor ihr stoppt.

«Zu spät!» tadelt er mit einem Blick auf seine Automatik. «Na und?» meint Anschi, steckt den Schlüssel in ihre Tasche und geht ein paar Schritte bis zur Treppe vor der Meldebehörde, steht da und findet sich blöd, wie sie auf Lasse wartet, der noch mit seinem Rad beschäftigt ist. Das Rendezvous erscheint ihr nun, da es wirklich ist und nicht nur ausgedacht, gar nicht mehr so einfach. Lasse pfeift in den höchsten Tönen ‹Neunundneunzig Luftballons› und schlendert mit den Händen in den Hosentaschen auf Anschi zu. Als sie nebeneinander die Treppe hinauflatschen, starrt Anschi die große Eingangstür an, als hätte sie dieses häßliche, verschmierte Ding noch nie gesehen, sie glotzt auf die Stufen aus grauem Beton, an denen es gar nichts zu entdecken gibt, nur damit sie Lasse nicht in die Augen sehen muß. Natürlich reden sie auch nicht miteinander.

Am Paternoster haben sie Glück. Kein Mensch steht da und will einsteigen. Der erste Kasten fährt von unten herauf, Anschi springt hinein, und Lasse schwingt sich hinterher. «Geschafft!» sagt er.

Es ist eng in der Kabine und schwierig, einander nicht nahezukommen. Jetzt müssen sie sich ansehen und auch was sagen, sonst wird's unangenehm. «Hast du schon Mathe gemacht?» fragt Lasse.

Der Fahrstuhl knattert und wackelt und quält sich langsam zur letzten Etage hoch. Hier müßten sie aussteigen. So lautet der Befehl auf dem Schild im Treppenflur. Es ist verboten, über den Boden zu fahren, und Anschi hat jedesmal ein bißchen Angst, die klapprige Holzkabine könnte da oben kaputtgehen, weil die Last zu schwer ist.

Sie zieht zwei von den rosa Lollies zu dreißig aus der Tasche und gibt Lasse einen, bevor er wieder von Mathe reden kann. Die Süße im Mund und das Kribbeln im Magen vermischen sich zu einem erregenden Gefühl, als sie in dem ächzenden und stöhnenden alten Holzkasten die höchste Stelle erreichen, sie überwinden und auf der anderen Seite wieder nach unten gleiten. Während sie auf den Moment warten, wo die Fahrt durch den Keller beginnt, beißt Anschi den Lollie in der Mitte durch und lutscht das Brausepulver aus der kleinen Höhlung im Inneren. Nun kribbelt es auch noch auf der Zunge. Anschi ärgert sich, weil Lasse wie ein Stockfisch an der Kabinenwand lehnt und ihr die ganze Liebesgeschichte überläßt. Glaubt er vielleicht, sie will nur mit ihm rauf- und runterfahren und weiter nichts?! Aber Lasse braucht sich nicht mehr zu bemühen. Sie sind im Parterre angekommen, wo sie die Kabine wieder verlassen müßten, denn durch den Keller dürfen sie auch nicht fahren.

O Schreck! Im Parterre erwartet sie groß und breit ein Behördenangestellter. Als er sieht, daß die beiden in den Keller eintauchen, schreit er: «Na wartet, wenn ich euch erwische!» So ein Mist! Jetzt wird es gefährlich.

«Hoffentlich ist er weg, wenn wir hochkommen!» flüstert Lasse, aber Anschi flüstert: «Los! Hier küssen wir uns, jetzt ist es am spannendsten!»

Überrascht guckt Lasse sie an und nimmt schnell den Lollie aus dem Mund, und weil sie keine Zeit haben und gleich wieder auftauchen, macht Anschi einen Schritt auf ihn zu, beugt sich zu ihm und streift seinen Mund mit ihren Lippen. Er fühlt sich klebrig an und rauh. Eben noch riecht sie einen schwachen Duft von Lasses Haut, da fahren sie auseinander, denn die Hosenbeine des Mannes kommen schon in Sicht.

«Macht, daß ihr rauskommt!» schimpft er. «Hier ist kein Spielplatz!»

Sie springen ab, wischen an ihm vorbei und stürzen zum Ausgang. Für heute haben sie genug von der Meldebehörde. Die Liebesgeschichte ist nicht so gelaufen, wie Anschi sie sich ausgedacht hat. Doch Lasse scheint es gefallen zu haben, er grinst ihr frech zu, und während er seine Fahrradkette aufschließt, pfeift er schon wieder, diesmal ‹Yesterday› von den Beatles. Er winkt ihr zum Abschied, schwingt sich auf sein Rad und saust davon.

Jetzt sind wir Verliebte, denkt Anschi, und sie spürt ein Gefühl, das sich von allen anderen Gefühlen, die sie jemals gespürt hat, unterscheidet.

Elternabend

Wenn Anschi Eltern hätte, die zusammenleben so wie Birtes Eltern, dann könnten Carla und Arnold zusammen zum Elternabend gehen und von Frau Becker erfahren, daß Anschis Leistungen in der Schule schlechter geworden sind. Aber Carla und Arnold sind geschieden. Der Vater geht nicht zum Elternabend, und Carla hat niemals Zeit. Als Frau Becker die Einladungen verteilt hat, ist sie an Anschis Platz stehengeblieben und hat gesagt, es wird sehr gemütlich mit Bier und Wein und sie will gern mal mit Anschis Mutter sprechen.

Anschi muß ihre Schularbeiten allein machen, pünktlich aufstehen, Hefte kaufen und alles erledigen, was sonst noch mit der Schule zu tun hat. Warum kann sie nicht auch allein zum Elternabend gehen und mit Frau Becker über ihre schlechten Noten reden? O nein, sie gehört nicht zu den Eltern. Die Einladung ist an Frau Carla Larsen gerichtet. Das hört sich an, als sei Carla noch mit Arnold Larsen verheiratet. Bei der Scheidung kann die Frau den Namen des Mannes behalten oder sie muß zur Behörde gehen, und sich ihren eigenen Namen zurückkaufen. Das kostet zehn Mark, hat Carla erklärt. Ihr ist es egal, wie sie heißt. Sie hat auch noch einen Künstlernamen: Carolyn.

Wäre Montag einer der seltenen Tage, an denen Carla nicht zu einem Auftritt unterwegs ist, könnte sie vielleicht mit Frau Bekker einen Ausweg finden, so daß Anschi nicht sitzenbleiben muß. In Mathe hat Anschi sich gebessert, aber in Englisch und Geschichte sind ihre Leistungen nicht mehr ausreichend.

«Auch das noch!» stöhnt Carla, als sie die Einladung durchgelesen hat. ‹Auch das noch!› bedeutet, daß Carla sich mit Viktor gestritten hat, daß sie keine Lust oder keine Zeit hat, zum Elternabend zu kommen. Nicht mal die Sonnenblumenblüten, die den Rand der Einladung zieren, können sie verlocken. Die Schüler haben sich große Mühe gegeben, alles hübsch bunt auszumalen, damit die Eltern am Montag keinen Krimi sehen, sondern in die Schule gehen.

Carlas Jammern gilt jedoch nicht dem Elternabend. Sie hat die Rolle der Martha in dem Theaterstück ‹Wer hat Angst vor Virginia Woolf?› nicht bekommen. Darüber ist sie nicht wütend, sondern enttäuscht. Ihre Augen haben an Glanz verloren, das Blau wirkt grau, sie starrt trübselig vor sich hin. Der dumme Regisseur hat sich für eine andere Schauspielerin entschieden.

Anschi sieht ein, daß Carla keine Lust auf den Elternabend hat, wenn der Regisseur ihr alle Freude verdirbt. Eine halbe Stunde lang sitzen sie in Carlas Zimmer beieinander. Noch gibt es Hoffnung, daß Carla ihre Lieblingsplatte von Uriah Heep auflegt und wieder fröhlich wird. Dann kann Anschi ihr die Sache mit den miesen Noten beibringen. Aber Carla hat nicht mal Lust auf Musik. Sie hockt im Schneidersitz auf ihrer Liege, Anschi hat die bunte Wolldecke bis zum Hals um sich herumgewickelt und sitzt Carla gegenüber auf dem Teppich. Der einzige Lichtpunkt in der traurigen Stimmung ist die Kerze, die Carla angezündet hat.

Nachdem sie sich eine Zeitlang angeschwiegen haben, sagt Carla lahm: «Ich muß wohl hingehen.» Nun kann Anschi mit ihrem Problem herausrücken.

«Auch das noch!» klagt Carla und fragt, ob Anschi ihre Schularbeiten nicht regelmäßig gemacht hat.

«Doch», sagt Anschi. Die Lehrer behaupten, Anschi beteilige sich zu wenig am Unterricht. Sie träume zuviel.

«Dann träumst du von nun an weniger», schlägt Carla vor.

Aber das ist nicht so einfach. Träumen gehört zu Anschis liebsten Beschäftigungen. Lehrer können so was natürlich nicht begreifen. Sie wollen, daß Schüler ihren langweiligen Unterricht interessant finden. Soll Anschi etwa lügen und so tun, als sei sie begeistert von den alten Griechen, die aus Stein gemacht sind, und manchen fehlt ein Arm oder ein Bein oder ein Stück vom Kopf?

«Wir müssen was unternehmen!» sagt Carla entschlossen. «Vielleicht Nachhilfe!»

«Nee», protestiert Anschi, «nachmittags will ich nicht zur Schule gehen!»

«Der Nachhilfelehrer kann zu uns ins Haus kommen», sagt Carla.

Auch damit ist Anschi nicht einverstanden. Ein Lehrer gehört nicht in die Wohnung, sondern in die Schule. Lieber will sie versuchen, in der Klasse weniger zu träumen. Carla soll zu Frau Becker gehen und es ihr versprechen.

«Es ist doch nicht *meine* Schule!» widerspricht Carla. Wenn Anschi sich bessern will, kann nur sie selbst es Frau Becker versprechen. «Und was versprochen ist, muß gehalten werden!» fügt Carla hinzu.

Das ist wahr. Sie vereinbaren, daß Anschi am nächsten Tag in der Pause mit Frau Becker im Lehrerzimmer spricht und ihr mitteilt, welchen Entschluß sie gefaßt hat, und daß Carla, obwohl sie Probleme und keine Lust hat, ausnahmsweise zum Elternabend gehen wird.

Carla meint noch, wenn Anschi die Schule nicht schaffen würde, hätte sie später Probleme und müßte sich über solche Leute wie Viktor ärgern.

«Ich will doch gar nicht Schauspielerin werden!» sagt Anschi und fragt, ob Carla in der Schule gute Noten gehabt hat.

«Leider nicht!» Plötzlich muß Carla lachen. «Für meine Schauspielerei hat mir die Schule überhaupt nichts genützt.»

Es gibt noch mehr Berufe, für die die Schule nichts nützt, zum Beispiel der Beruf des Zeitungsverkäufers. Maulwurf hat kein Abitur gemacht, nicht mal die mittlere Reife, nicht mal den Hauptschulabschluß. Zeitungen zu verkaufen bringt Spaß, aber doch nicht genügend Spaß, um einen Beruf daraus zu machen. «Zeitungsverkäuferin will ich auch nicht werden!» sagt Anschi.

«Wie kommst du denn darauf?» fragt Carla.

Jetzt müßte Anschi ihr von Maulwurf erzählen, aber sie kann es nicht. Maulwurf soll mit ihren Schulangelegenheiten nichts zu tun haben, obwohl er immer versucht, sich hineinzumischen. Also schweigt Anschi lieber und behält Maulwurf für sich.

Am Montag, als die Mütter und Väter zum Elternabend gehen, darf Birte bei Anschi zu Hause schlafen. Vor dem Zubettgehen aber werden sie es sich beide gemütlich machen mit einer Tafel Nuß-Schokolade, zwei Apfelsinen, zwei Negerküssen, einer Tüte voll Gummiteddys, einer Badewanne voll Wasser, achtunddreißigeinhalb Grad, einem blauen Motorboot zum Aufziehen, einem Stück Irish Moos-Seife, einem Kassettenrekorder, dazu zwei Kassetten ‹Frankie goes to Hollywood› und ‹Mike Oldfield›.

Als es klingelt, hat Anschi das Badewasser schon aufgeheizt. Wie ein Wirbelwind stürmt Birte zur Tür herein, stellt ihre Schulmappe bei der Garderobe ab, den buntbestickten Leinenbeutel mit Klamotten, Zahnbürste, Proviant behält sie aber in der Hand, denn zu allem anderen hat sie darin noch eine Überraschung mitgebracht, eine Schachtel mit Schminke in sieben verschiedenen Farben.

«Rate, was wir damit machen!»

«Gesichtsmasken, was denn sonst!» ruft Anschi aufs höchste begeistert. Unverzüglich treffen sie ihre Vorbereitungen für das Badevergnügen, befreien sich von Schuhen, Strümpfen, Jeans, T-Shirts, Pullovern, Hemden, Hosen. Inmitten des Zeugs, das bald überall im Flur herumliegt, stellen sie sich nebeneinander vor den Spiegel, um ihre Schönheit zu vergleichen. «Bei dir ist schon mehr zu sehen», sagt Anschi und betrachtet mit einem gewissen Neid Birtes Brüste und die dunklen Härchen oben zwischen ihren Beinen. «Lieber hätt ich weniger, so wie du», erwidert Birte, «glaubst du, ich hab Lust, 'n blöden BH zu tragen?!»

Daran hat Anschi noch gar nicht gedacht. Carla trägt keinen BH. «Wenn du mal zu mir kommst, probieren wir welche von meiner Mutter an», sagt Birte. Damit Anschi aber nicht so lange warten muß, schlägt Birte vor, daß sie sich mit den Schminkfarben BHs aufmalen.

Im Badezimmer setzt Anschi sich auf den Hocker neben der Wanne und läßt sich von Birte mit dem Pinsel einen BH in weiß anpassen. «Angenehm!» schnurrt sie, als der Pinsel in gleichmäßigen Schwüngen ihre Haut streichelt. Birte soll nur so weitermachen und noch rote Streifen auf das Weiß malen. Dafür wählt sie einen anderen Pinsel, mit dem sie schmale Kreise ziehen kann. Wieder pinselt sie auf der lebendigen Malfläche und achtet darauf, daß weiß und rot nicht ineinander verwischen. Den roten Ringen folgen blaue, den blauen grüne. Anschi hat nichts dagegen, den ganzen Elternabend lang von Birte bemalt zu werden.

«Nun reicht's aber! Das Ding ist häßlich genug geworden!» protestiert Birte und verziert zum Abschluß Anschis Bauchnabel mit einem goldenen Flecken. Dann zieht sie die Freundin mit sich vor den Flurspiegel.

«*So was* trägt deine Mutter?» fragt Anschi entsetzt.

«So was Ähnliches!»

Eine Weile starren sie schweigend auf das bunte Gebilde, das Anschis Brust bedeckt. «Ich bleib doch lieber oben ohne», meint Anschi.

Während das Badewasser einläuft, ist Birte an der Reihe, bemalt zu werden. Sie mag keinen BH. «Aber das Gefühl», schwärmt Anschi, «das Gefühl mußt du erleben!» Auf dem Gesicht könnte sie es ebenso spüren, meint Birte und wünscht sich eine Maske mit hellblauem Untergrund. Darauf werden die Feinheiten gemalt: ein großer schwarzer Punkt auf die rechte, ein großer weißer Punkt auf die linke Wange, silberne Farbe auf Lippen und Augenbrauen, grüne auf die Augenlider. Birtes Nasenspitze wird gelb gefärbt.

«Mehr willst du wirklich nicht?» fragt Anschi und läßt den Pinsel federleicht über Birtes Lippen gleiten, über den Hals bis zur rechten Brustspitze.

«Ein andermal», sagt Birte.

Inzwischen hat das Bad die richtige Wasserfülle für zwei aufgenommen, wohlige Wärme liegt in der Luft, ringsherum auf dem Rand der Wanne verlocken die verschiedenen Süßigkeiten zum Schlecken.

«Halt!» ruft Anschi, als Birte über die Negerküsse herfällt, einen davon verschlingt und gleich nach dem zweiten greift. Das Motorboot soll durchs Wasser von Anschi zu Birte und von Birte zu Anschi tuckern und auf jeder Fahrt Schokolade, Gummiteddys oder Früchte transportieren. So war es geplant. Doch Birte giert viel zu sehr nach den süßen Sachen und kann es nicht abwarten, bis das Boot ihr – noch dazu winzige – Ladungen bringt.

«Gut!» gibt Anschi nach. «Verzichten wir auf das Schifferspiel.»

Kaum sind die beiden Schönheiten ins Wasser geglitten, verschlingen sie nacheinander sämtliche Leckereien, und weil es ihnen im Warmen und vollgestopft mit Süßem so gutgeht, kippen sie sich anschließend Wasserladungen ins Gesicht. Die bunte Farbe auf ihrer Haut beginnt zu zerfließen, das Badezimmer wird überschwemmt.

So endet das Badevergnügen. Zum Abschluß noch ein Blick in den Spiegel. «Schade!» sagt Birte zum verschmierten Gesicht, doch Anschi hat eine Idee. Sie könnten vielleicht Theater spielen mit Verkleiden und Schminken und einem richtigen Drehbuch, natürlich nicht zu zweit, sondern mit vielen Leuten aus ihrer Klasse.

«Und wer schreibt das Drehbuch?» fragt Birte.
«Das werden wir schon sehen.»
«Und wer spielt die Hauptrolle?»
«Wer Talent hat.»
«Und wovon handelt das Stück?»
«Von Liebe.»
«Nicht übel», meint Birte, wegen der Liebesgeschichte hat sie aber Bedenken. «In 'ner Liebesgeschichte spielen Typen mit. Bestimmt stellen die sich total blöd dabei an!» Anschi denkt an die Liebesbriefe und an das Rendezvous im Paternoster. Warum stellen sich Typen in Liebesgeschichten nur so dämlich an?
Birte kennt die Lösung des Problems: Wenn die Jungen versagen, können sie deren Rollen auch mit Mädchen besetzen. In Anschis Zimmer kuscheln die beiden Freundinnen im Bett, und kurz vorm Einschlafen stellen sie fest: der Elternabend ist ein voller Erfolg geworden.

Carla darf keine Angst haben

In den folgenden Tagen bemerkt Anschi, daß Carla nicht nur wegen der schlechten Noten in der Schule und wegen der Rolle der Martha bedrückt ist, es muß noch etwas anderes passiert sein. Wenn Carla beim Heimkommen wegen Viktor ein großes Geschrei erhebt, ist nichts Schlimmes passiert. Streit mit Viktor geht vorüber. Aber wenn Carla sich nicht mehr aus ihrem Zimmer rührt und gar nichts mehr sagt, macht Anschi sich Sorgen. Besser wäre es, Carla würde den Mund aufmachen. Doch sie schweigt und schweigt, ihr Gesicht bleibt unbeweglich wie ein Stein, es kommt Anschi vor, als schaue Carla gar nicht mehr in die Welt, so ganz und gar ist sie in sich gekehrt. Nach dem Elternabend hat Anschi gefragt, ob Carla wegen der miesen Zeugnisse fürchtet, daß Anschi die Orientierungsstufe nicht schafft. Carla hat nur den Kopf geschüttelt.

Vielleicht leidet sie unter Liebeskummer! Doch danach mag Anschi nicht fragen, obwohl es wundervoll wäre, mit Carla über Liebe zu reden. Über ihre Probleme spricht Carla nicht, deshalb kann Anschi nichts tun. Manchmal geschieht es, daß nach zwei Tagen alles wieder in Ordnung ist. Bis dahin aber herrscht Totenstimmung. Anschi haßt diese Problemtage. Vielleicht könnte sie Carla helfen, wenn Carla nur ein Wort sagen würde.

Diesmal dauert der Zustand länger als sonst. Die Luft in der Wohnung füllt sich nach und nach mit Unheil. Schon beim Hereinkommen fühlt Anschi Beklemmung, kommt es ihr vor, als könne sie nicht mehr atmen.

Nachmittags liegt sie auf ihrem Bett. Lesen macht ihr keinen Spaß mehr, seitdem Carla das Sprechen verlernt hat. In ihrer Not will Anschi mit dem Clown ein Gespräch führen, er hat niemals Probleme. Er wird von der Wand heruntergeholt und aufs Bett gesetzt. Aber er fällt gleich wieder in sich zusammen, weil sein Körper aus Stoff ist; nur Kopf, Arme und Beine sind aus Holz gemacht. Also wird er gegen die Wand gelehnt. Nun kann Anschi ihm in die schwarzen Perlenaugen gucken und ihn fragen, wie er Carlas Verhalten beurteilt.

«Sie spinnt!» sagt er mit seinem verschmitzten Lächeln.

«Was tu ich bloß, damit sie wieder fröhlich wird?»

«Kitzeln!» schlägt der dumme Clown vor. Er hat nur Schabernack im Sinn.

«Ich glaub, sie hat Angst», vermutet Anschi.

«Mut hat sie!» sagt der Clown. «Sie läßt sich nichts gefallen.»

Schön wäre es, wenn er recht hätte. Aber Anschi ist sich nicht sicher. Am besten fragt sie Carla, ob sie Angst hat oder nicht.

Zum Abendessen läßt Carla sich endlich wieder in der Küche blicken. Sie nippt nur an den Speisen, ist mit ihren Gedanken abwesend, aber sie sitzt immerhin am Tisch. Anschi hat sich eine Scheibe Brot mit Leberwurst bestrichen, beißt ein Stück ab, kaut und wartet darauf, daß Carla ihren Tee trinkt. Möglich, daß sie danach plötzlich munter wird, so wie morgens nach dem Kaffee.

Nun trink doch endlich!

Aber erst, als Anschi schon gar nicht mehr damit rechnet, nimmt Carla einige Schlucke aus ihrer Tasse.

Jetzt oder nie!

«Hast du Angst?» Dieser Satz, mit dem Anschi so lange hat warten müssen, kommt hastig und undeutlich aus ihrem Mund, aber er tut seine Wirkung.

Carla fährt zusammen. «Wer hat Angst?»

Jetzt muß Anschi aufpassen, ihre Gedanken ordnen, um nichts Falsches zu sagen, denn endlich hat Carla drei Worte herausgebracht und sie soll weiterreden.

«Ich glaub, du hast Angst.»

Carla schweigt eine Weile, und Anschi befürchtet schon, daß sie wieder stumm wird, da hört sie Carla leise antworten: «Ich darf keine Angst haben, sonst ergeht's mir schlecht.»

«Warum heulst du?» fragt Anschi.

«Der Mensch wird wohl noch heulen dürfen!» Beim Heulen zieht Carla ein wütendes Gesicht. Das bedeutet, es geht ihr schon wieder besser.

Merkwürdig, daß Carla keine Angst haben darf. Anschi darf Angst haben. Sie erzählt Carla davon, die einen Rat weiß. Deshalb geht es Anschi niemals schlecht, wenn sie Angst hat. Warum kann Carla es nicht genauso machen? Diese Frage spart sich Anschi auf bis zur nächsten Gelegenheit, denn sie ahnt, daß Carla von Angst heute nichts mehr hören will.

Arnold hat 'ne Neue

Arnold ruft am Dienstagabend an, ob Anschi Mittwoch mit ihm zusammen im Eiscafé ein großes Fruchteis mit Schlagsahne und Schokoladenstreusel schlecken will. Klar will Anschi, sie hat Arnold ein halbes Jahr lang nicht mehr gesehen, es gibt viel zu erzählen.

«Na ja», sagt Carla, als sie von dem Treffen erfährt, und sieht Anschi forschend an. Sie hat niemals etwas dagegen, daß Anschi sich mit Arnold trifft. Deshalb wundert sich Anschi über dieses ‹Na ja›, vergißt es jedoch gleich wieder.

Sie trifft sich gern mit Arnold im Eiscafé, weil sie es beide lieben, haufenweise Eis zu vertilgen, bis Mund und Rachen von der Eiseskälte gefühllos geworden sind. Meistens wartet Anschi schon auf Arnold, in der Ecke unter dem Bord mit den Grünpflanzen, die ihre Stengel und Blätter so weit herabhängen lassen, daß Anschi, wenn sie direkt darunter sitzt, davon gestreichelt wird. Von ihrem Platz aus kann sie den Eingang beobachten und erspäht Arnold sofort, wenn er hereinkommt.

Wie gut er heute aussieht in seiner weißen Leinenhose und seinem blauen Wollpullover. Ob er in der Plastiktüte ein Geschenk für sie mitgebracht hat?

Kaum hat Arnold sich ihr gegenüber hingesetzt, zieht er aus seiner Hosentasche eine schmale Holzschachtel, auf deren Deckel ein bunter Schmetterling mit Lackfarbe gemalt ist, und legt sie auf den Tisch. Anschi schaut zu Arnold hin, er nickt ihr zu, und sie nimmt die Schachtel in die Hand. Obwohl sie vor lauter Neugierde fast explodiert, zwingt sie sich dazu, den Deckel mit aller Vorsicht langsam abzuheben, und sie guckt auch nicht sofort in die Schachtel, sondern zögert die Überraschung noch ein wenig hinaus.

Was für ein Wunder! Das Armband ist aus vielen silbernen Kettengliedern zusammengesetzt. Anschi hebt es aus der

Schachtel und läßt es baumeln, um es in allen Einzelheiten zu betrachten. Jedes Kettenglied ist wie eine kleine Schlange geformt, und eine Schlange hängt in der anderen. Immer abwechselnd hat eine Schlange einen roten und die nächste einen weißen Kristall als Auge. Arnold hilft Anschi, das Armband um das linke Handgelenk zu legen, und verschließt Anfangs- und Endglied mit dem winzigen Schloß.

Vor lauter Freude kann Anschi gar nichts sagen, sich nicht mal bedanken, so herrlich leuchtet der Schmuck an ihrem Arm. Arnold will auch gar keinen Dank, er geht zur Theke und bestellt zwei Riesenportionen Eis.

«Ich hab das Armband nicht neu gekauft», erklärt er ihr, als er wieder zurückkehrt. «Es ist ein Erbstück von meiner Mutter. Sie wäre gewiß damit einverstanden, daß du es bekommst, und ich glaube, jetzt ist der richtige Zeitpunkt dafür.»

Nun ist alles noch wunderbarer, denn das Armband ist ein Familienstück von Anschis Großmutter, die Anschi nicht kennt, weil sie früh gestorben ist. Bestimmt hat die Großmutter das Armband als junges Mädchen getragen, denkt Anschi und nimmt sich vor, das Geschenk besonders sorgsam zu hüten.

Das Eis wird serviert, Anschi schiebt den Löffel zuerst durch den Schlagrahm in die rote Erdbeerkugel, hebt ein Viertel davon ab, nimmt die Köstlichkeit vom Löffel in den Mund und läßt Eis und Sahne auf der Zunge zergehen. Danach wechselt sie mit dem Löffel zur gelben Vanillekugel, schließlich zur braunen Schokoladenkugel und immer so weiter. Währenddessen fragt sie Arnold, ob er ein Foto von der Großmutter mitbringen kann, auf dem sie mit dem Schmuck zu sehen ist.

«Das wird schwierig», sagt er, «ich muß auf dem Boden suchen, ob ich die alten Fotos in einem Karton finde.» Heute zeigt Arnold seiner Tochter ein Foto von seiner neuen Freundin Ulla. Immer will Arnold wissen, ob Anschi seine Freundinnen leiden mag. Sie hat schon einen ganzen Haufen Fotos vorgelegt bekommen, aber die Freundinnen hat sie nicht alle kennengelernt, weil sie nie lange mit Arnold zusammengeblieben sind. Diesmal ist es ernst, denn Arnold will Ulla heiraten. Was für eine Dummheit! Wie kann Arnold heiraten, wenn es mit Carla nicht geklappt hat? Er sei sehr verliebt, sagt er und glotzt das Foto an, als wäre ein Wunderwesen darauf abgebildet. So schön ist Ulla nun auch wieder nicht, eigentlich ist sie sogar häßlich.

«Bestimmt wird sie dir gefallen!» versichert Arnold.

Bestimmt ist sie 'ne blöde Ziege!

Das Armband macht ihr gar keinen Spaß mehr, was soll sie damit, wenn Arnold bald eine Frau am Hals hat und zu zweit ins Eiscafé kommt, um sich mit Anschi zu treffen. Womöglich kriegen sie auch noch Kinder und bringen sie mit. Dann ist es aus mit dem guten Leben, denkt Anschi, legt das Armband ab und verpackt es wieder im Kästchen.

Sie hat ihr Eis nicht mehr angerührt, es ist zur Soße geworden. Wie wäre es, wenn der Eisbecher umfiele und das bunte, mit Schlagsahne vermischte Wasser liefe über das Foto.

«Wenn du verliebt bist, brauchst du doch nicht gleich zu heiraten!» Anschi ist auch in Lasse verliebt und denkt gar nicht daran, ihn zu heiraten. «Carla heiratet Ortwin gewiß nicht!»

Was Carla macht, ist ihre Sache, was er macht, ist seine Sache, und was Anschi macht, ist Anschis Sache, meint Arnold.

«So was Dämliches wie Heiraten fällt mir nicht im Traum ein!» sagt Anschi patzig. Mit einem Ruck fährt sie von ihrem Stuhl hoch, stößt gegen die Tischplatte und mit dem Ellenbogen gegen ihren Eisbecher, der kippt um und knallt auf das Foto. Sofort greift Anschi zu und hebt ihn wieder auf, aber eine Menge von der Flüssigkeit hat sich über das Foto ergossen. «Scheiße!» sagt Anschi und meint nicht den Schaden. Sie verzichtet auf ein zweites Eis, will lieber nach Hause gehen und Schularbeiten machen. Dieser ungewöhnliche Wunsch verblüfft Arnold. Eine strebsame Anschi kennt er noch gar nicht, aber natürlich wird er sie vom Arbeiten nicht abhalten.

Als sie sich verabschieden, muß er sie daran erinnern, den

Schmuck mitzunehmen, sonst hätte sie ihn auf dem Tisch liegengelassen.

Seitdem Carla und Arnold verheiratet waren, sind so viele Jahre vergangen. Anschi war damals noch klein. Sie kennt ihre Eltern nur einzeln. Selten haben sie sich nach der Scheidung zu dritt getroffen. Es war immer angenehm, zu Arnold zu gehen und sich bei ihm zu beklagen, wenn sie mal Ärger mit Carla hatte. Mit Arnold gab es wenig Ärger. Anschi und er wollten die wenigen Stunden miteinander nicht im Streit verbringen, sondern es gut haben. Bis auf heute. Zum erstenmal ist Anschi böse auf Arnold und möchte sich bei Carla über ihn beschweren. Sie hofft, daß Carla auf ihrer Seite steht und Arnolds Heiratsidee abscheulich findet. Aber sicher ist sie sich nicht. Es könnte auch sein, daß Carla mit Arnold einverstanden ist. Dann kommt sie möglicherweise auf den Gedanken, es ihm nachzumachen und Ortwin zu heiraten. Arnold mit Ulla und Carla mit Ortwin verheiratet ist das Schrecklichste, was Anschi sich ausmalen kann. Sie nimmt sich vor, Carla nichts von Arnolds Absicht zu verraten, um sie nicht auf solche Gedanken zu bringen und vielleicht ins Unglück zu stürzen. Außerdem hofft sie, daß Arnold mit seinen Plänen noch wartet, und inzwischen verläßt ihn Ulla, um einen anderen zu heiraten. Viele Frauen haben Arnold schon verlassen.

Heute hat Anschi den Nachmittag nicht wie sonst mit Arnold ganz und gar aufgebraucht, deshalb erwischt sie Maulwurf noch beim Zusammenpacken seines Zeitungsstandes, schaut zu, wie er die wenigen übriggebliebenen Zeitungen in seiner großen Leinentasche verstaut und danach den leichten Tisch zu einem handlichen Gepäckstück zusammenlegt. Jetzt kann Maulwurf die Sachen wegtragen und bis morgen nach Hause verschwinden oder in den Park gehen, sich in die Sonne legen und faulenzen.

«Na», fragt Maulwurf, «was gibt's?»

Er sieht auf den ersten Blick, daß es etwas gibt. Ob sie ihm von Arnold erzählen soll? Bisher weiß er nichts von ihren Familienangelegenheiten, und vom Heiraten wird er auch nichts verstehen. Anschi mag Maulwurf nicht anlügen oder eine Ausrede erfinden, also sagt sie: «Arnold will Ulla heiraten», obgleich Maulwurf weder Arnold noch Ulla kennt. Doch Maulwurf ist nicht blöd und versteht gleich, worum es geht. Er schlägt vor, daß sie sich bei der Kirche gegenüber auf die niedrige Mauer setzen. Dort wachsen Büsche, und Maulwurf und Anschi können im Grünen sitzen und plaudern.

«Heiraten?» fragt Maulwurf und zeigt auf die Kirche. Da stellt Anschi sich vor, daß Ulla im weißen Brautkleid und Arnold im schwarzen Anzug den Weg entlanggehen und durch die Kirchentür zur Trauung schreiten. Sie hat manchmal mit Birte vor der Kirche gestanden und die Hochzeitsgesellschaften beobachtet. «Arnold ist dein Vater», vermutet Maulwurf. «Ja, er hat 'n Haufen Freundinnen, aber jetzt will er Ulla heiraten.»

«Er könnte mir von seinen Freundinnen welche abgeben», scherzt Maulwurf, «mir fehlen noch ein paar.»

Anschi weiß, daß Maulwurf keine Freundin hat, er hat nur Anschi, aber nicht solche Frauen wie Arnold sie kennt. Zum Heiraten und Zusammenwohnen besitzt Maulwurf nicht einmal eine Wohnung. Nein, Maulwurf wird nie heiraten, Gott sei Dank!

«Laß Arnold doch heiraten, wenn es ihm Spaß macht!» sagt er.

«Es *kann* ihm keinen Spaß machen», widerspricht Anschi, «auch mit Carla hat es ihm keinen Spaß gemacht!»

«Vielleicht bist du eifersüchtig!» stellt Maulwurf fest.

Was fällt ihm ein! Anschi wollte, daß Maulwurf ihre Partei nimmt und sich gegen Arnold stellt, und nun behauptet er, sie sei eifersüchtig. So eine Unverschämtheit. Maulwurf hätte es verdient, daß sie nun auch noch sauer auf *ihn* werden würde. Zu seinem Glück ist er ein Freund, Anschi kann ihm nichts übelnehmen.

Schon wieder merkt Maulwurf, daß es ‹etwas gibt›, er liest es Anschi vom Gesicht ab. «Mach dir nichts draus», sagt er, «ich bin auch eifersüchtig!» Aber damit kann er Anschi nicht helfen. Als sie sich von Maulwurf trennt, um nach Hause zu gehen, ist sie unzufrieden mit sich und der Welt.

Den ganzen Abend lang und noch vorm Einschlafen im Bett grübelt sie nicht nur übers Heiraten, sondern auch über Eifersucht nach.

Eine Party in Lasses Garten

Frau Becker freut sich, als Anschi ihr von dem Theaterstück erzählt, das die Schüler schreiben und einstudieren wollen. Damit viele Leute die Aufführung sehen können, soll das Stück auf dem Schulfest vor den großen Ferien für Eltern, Schüler und Lehrer gespielt werden. Birte und Anschi übernehmen die Verantwortung für die Organisation. Wenn sie Hilfe brauchen, können sie sich an Frau Becker wenden. «Mal sehen, was ihr zustande bringt», sagt sie, «ich bin gespannt!» Aber sie ermahnt Anschi, über dem Theaterspielen nicht die Schule zu vergessen.

Bevor sie sich in die Theaterarbeit stürzen, gibt es noch ein anderes besonderes Ereignis. Lasse veranstaltet ein Gartenfest. Seine Eltern sind für ein paar Tage verreist. Diese Gelegenheit muß genutzt werden.

Alle Freunde sind eingeladen, einige müssen absagen, aber es bleiben noch viele übrig, die gern feiern und mit Lust und Laune dafür sorgen wollen, daß die Party ein Erfolg wird.

Birte ruft nachmittags bei Anschi an, sie will sich für die Party schminken und fragt, ob Anschi mitmacht. Außerdem hat Lasse darum gebeten, daß sie ihm bei den Vorbereitungen helfen. Es sollen Lampions im Garten aufgehängt werden. Lasses Eltern haben Würstchen und Frikadellen zum Grillen spendiert, Getränke müssen die Gäste mitbringen. «Also beeil dich!» drängt Birte. In der Aufregung entgeht es ihr, daß Anschi zögert, zweifelt, ob sie überhaupt mitkommen soll. «In einer halben Stunde bei der Kanalbrücke!» bestimmt Birte und legt den Hörer auf.

Die Passanten lachen und drehen sich nach Anschi um, als sie mit zehn Minuten Verspätung zum Treffpunkt eilt. In weißen Turnschuhen, schwarzen Jeans, gelber Bluse, mit roter Sprühfarbe im Haar und grünlila geschminktem Gesicht sieht sie wie ein Papagei aus. Birte lehnt im langen, schwarzen Abendkleid ihrer Mutter am Brückengeländer. Sie hat ihr Gesicht weißgeschminkt und sich riesige Goldringe ins Ohr gehängt. «Phantastisch!» sagt Anschi bewundernd, doch Birte ist gar nicht glücklich mit ihrem Staat, weil sie ständig über das Kleid stolpert.

«Raff den Rock zusammen und heb ihn hoch!» rät Anschi. «Dein Anzug ist viel praktischer», meint Birte, «in meinem Fummel kann ich gar nicht tanzen!»

Steff bricht in ein Indianergeheul aus, als er Birte und Anschi durch die Gartentür kommen sieht. Die Jungen haben sich nicht verkleidet, aber nun wollen sie auch verrückt aussehen, und Lasse rennt ins Haus, um nach Schminksachen zu suchen. Inzwischen schmücken die Gäste den Garten. Drei lange Leinen sind vom Dach der Garage zu den Obstbäumen gespannt. Daran sollen die Lampions befestigt werden, die zwischen allerlei Krimskrams auf dem Gartentisch bereitliegen. Als Lasse zurückkehrt, ist eine der Leinen schon mit großen und kleinen runden Lampen aus Seidenpapier vollgehängt.

Außer Makeup, Lippenstift, Augenbrauenstift, Lidschatten und Wimperntusche schleppt Lasse noch Kleider seiner Mutter, Anzüge seines Vaters und Schuhe heran. «Such dir was aus und probier's an!» fordert er Steff auf, zieht seine Jacke aus, um eine schwarze Weste seines Vaters über sein Hemd zu ziehen. Die Weste ist ihm zu weit, aber sie steht ihm gut. Nun will Lasse noch die Leinenhose seines Vaters anprobieren, aber Birte findet ihn viel schöner mit dem Folklorerock seiner Mutter und mit

Stöckelschuhen. Das braucht sie nicht zu wiederholen. Lasse liebt es, Aufsehen zu erregen. «Wir werden die Sensation des Abends!» prophezeit Steff, fängt auch an, schlingt sich einen Schal aus weißer Spitze um die Hüften und zeigt unter dem Beifall der Zuschauer einen Bauchtanz.

«Schluß jetzt», mahnt Anschi, «wir haben noch viel zu tun!» Sie schmückt mit Birte zusammen weiter den Garten, während Lasse und Steff schnell ihre Kostüme vervollständigen und sich danach gegenseitig das Gesicht schminken.

Kurz vor acht legen sie Tischdecken auf dem Rasen aus, stellen Pappteller und Becher für die Gäste hin, nun fehlt nur noch der Kassettenrekorder, der an einem günstigen Platz aufgestellt und angeschlossen werden muß. Das wird im Eiltempo erledigt, denn schon quillt eine ganze Meute unternehmungslustiger Menschen durch die Gartentür. Sie haben großen Appetit und großen Durst mitgebracht.

Anschi fühlt sich unter ihrer Verkleidung gar nicht so wohl, wie es nach außen hin scheint. Erst in allerletzter Minute, nach Birtes Anruf, hat sie sich entschlossen, doch noch zur Party mitzugehen. Aber als alle feiern und lustig sind, fehlt ihr die gute Stimmung. Sie sondert sich ab, macht sich beim Grill und beim Getränkeausschank nützlich und kann sich ablenken lassen. In dem großen Trubel, der im Garten herrscht, unterm Herumalbern und Quatschmachen der vielen Vergnügten bleibt sie merkwürdig still.

Offenbar ist Lasse ihr Verhalten nicht entgangen. Auf dem Weg ins Haus, zum Kühlschrank, aus dem sie Fleisch für den Grill holen wollen, stoppt er plötzlich, schaut sie eindringlich an und stellt fest: «Es regnet doch gar nicht!»

Was soll das heißen?

«Du ziehst so ein Gesicht ...»

Wie sieben Tage Regenwetter, ergänzt Anschi im stillen, und Lasse will wissen, ob es ihr auf der Party nicht gefällt. «Doch, es ist 'ne prima Party», sagt Anschi im Weitergehen, aber gleichzeitig hat sie den starken Wunsch, im hintersten Winkel des Gartens für sich allein zu sein. Lasse macht sich am Kühlschrank zu schaffen. «Für dich ist es keine prima Party. Warum?»

Die Leute können einen nicht in Ruhe lassen, immer fragen sie ‹Warum?› denkt Anschi. Weil es aber Lasse ist, der sie fragt, antwortet sie: «Ich verzieh mich mal für 'ne Weile und komm später wieder.»

«Auf 'ne Party kommen und mittendrin verschwinden, das versteh mal einer!» Lasse will sie nicht einfach gehen lassen und fragt, wohin sie will. «Das ist mein Geheimnis», sagt sie, legt die Frikadellen, die Lasse ihr zugereicht hat, auf dem Küchentisch ab und läuft raus.

Damit die anderen nicht aufmerksam werden, wendet sie sich nach rechts zum Holzschuppen, vor dem allerlei Gartengeräte stehen: Schaufeln, Spaten, Eimer, eine Schubkarre, der Rasenmäher. Hinter dem Schuppen beginnt der Obst- und Gemüsegarten, dort kann Anschi sich ungestört aufhalten.

Es dämmert schon. Anschi mag diese Zeit zwischen Tag und Nacht, zwischen Hell und Dunkel. Im Hintergarten wachsen Apfel-, Birnen- und Pflaumenbäume. Einige sind schon alt, haben dicke, knorrige Äste. Gleich fällt Anschi die ‹Wildnis› ein, aber bei Lasse im Garten wachsen mehr Büsche und Bäume als auf dem alten Schulhof, so viele, daß Anschi sich einen Baum aussuchen kann, um drinnen zu sitzen und für sich zu sein. Sie wählt einen Apfelbaum mit vielen grünen Blättern, steigt auf und hockt sich hoch oben auf einen breiten, bequemen Ast.

Ein leichter Wind bewegt die Blätter, streichelt Anschis Haut, kühlt sie. Die Stimmen der Freunde, das vertraute Geräusch von Lachen und Reden hört sie wie aus weiter Ferne. Sie fühlt sich wohl im Baum, lehnt sich gegen den Stamm, läßt ihre Fingerspitzen über die Borke gleiten, über die Oberfläche der Blätter und den Blattrand entlang. Sie horcht auf das Rascheln und Huschen der kleinen Tiere, auf das Sirren der Insekten und auf den Hauch des Windes. Auf Bäume zu klettern, hat Anschi, als sie noch klein war, von Arnold gelernt. Er hat sie ermuntert, ohne Angst hochzusteigen, sich sicher zu fühlen, und hat mit ihr zusammen viele Kletterbäume entdeckt. Arnold steigt nicht mehr auf Bäume, er spielt nicht mehr mit Anschi, er ist älter geworden und will heiraten. Als Anschi sich überlegt, ob Arnold wohl mit Ulla auf Bäume klettern wird, muß sie lachen.

Nach und nach vergißt sie die Zeit. Schön wäre es, für immer im Baum zu leben, zu schlafen, sich von den Früchten zu ernähren. Sie stellt sich vor, daß sie hexen kann, sich kleiner macht und Flügel bekommt. In ihrem bunten Zeug und bunt bemalt hockt sie als Vogel im Baum, kann losfliegen zu allen Bäumen und wohnen, wo sie will.

Im anderen Teil des Gartens werden jetzt die Kerzen in den Lampions angezündet. Sie leuchten wie kleine, bunte Monde zu Anschi herüber, hell in ihre trübe Stimmung hinein, die langsam anfängt zu verfliegen. Anschi *muß* ja nicht im Baum leben, sie kann sich noch einen Moment ausruhen und dann in den Festtrubel zurückkehren. Birte, Lasse und Steff werden sie vielleicht schon vermissen.

Als alle Lichter brennen, läßt Anschi sich vom Baum hinunter, huscht zwischen den Büschen und Gemüsebeeten hindurch bis zum Schuppen und lugt in den Vordergarten, wo die Partygäste gerade das Lagerfeuer vorbereiten. In der Nähe des Schuppens findet sie eine Menge Holz, sammelt einen Armvoll und schleppt es zu dem Platz, wo Äste, Zweige und Bauholz zu einem großen Haufen aufgeschichtet werden. Es wird nicht mehr getanzt oder gespielt, jetzt ist es viel interessanter, das Lagerfeuer in Gang zu bringen, und Anschi kann einfach so wieder mitmachen, ihre Abwesenheit ist niemandem aufgefallen. Sie wird gleich noch einmal zum Schuppen zurücklaufen und einen zweiten Berg Holz zusammentragen; denn Steff, der sich vor der Feuerstelle aufgebaut hat, das Stapeln überwacht und Anweisungen wie ein Feuermeister erteilt, ruft ihr zu: «Wir brauchen Nachschub!»

Nicht alle sind so eifrig bei der Arbeit wie Anschi, einige haben sich die Essensreste vom Grill geholt, sitzen faul zusammen, kauen Frikadellen und warten auf die Romantik. Gerade taucht Anschi hochbepackt aus dem Dunkel des Hintergartens wieder auf, da macht sie eine Entdeckung, die sie auf der Stelle festnagelt. Lasse kommt zusammen mit Birte aus dem Haus, unterm rechten Arm trägt er ein paar Flaschen mit Getränken, Birte hält in ihrer Linken einen Korb voll Holzkohle und Zeitungspapier. Aber außerdem tun sie noch etwas Entsetzliches! Lachend und Hand in Hand laufen sie zusammen zum Lagerfeuer. Dort lassen sie sich gleich wieder los, stellen die Sachen ab und fangen an, das Papier und die Kohle unter Anleitung von Steff auf dem Haufen zu verteilen. Anschi möchte zu gern glauben, daß sie sich getäuscht hat, daß die beiden ineinander verschlungenen Hände nur eine Einbildung waren. Sie kann aber nicht verhindern, daß ein Verdacht sich in ihren Gedanken einnistet.

Langsam löst sie sich vom Fleck, nähert sich der Feuerstelle, dies unangenehme Gefühl, das sie manchmal quält, macht ihr zu schaffen und läßt sie beinahe für eine Weile wieder in den Apfelbaum oder sogar ganz und gar von der Party flüchten. In diesem Augenblick kommt Birte auf Anschi zugerannt. «Gib her!» sagt sie und hilft ihr beim Tragen. Sie ist Anschis beste Freundin. Daran ändert sich auch nichts, wenn Birte mal Lasses Hand hält. Sie weiß ja nichts von den Liebesbriefen und nichts vom Rendezvous. Aber Lasse soll nicht Birte bei der Hand nehmen, er soll Anschi anfassen, wenn es ihm mit der Liebe ernst ist.

Der Abend am Lagerfeuer in Lasses Garten nimmt ein warmes, ruhiges Ende. Einige Gäste sind schon heimgegangen, ungefähr zwölf haben sich um die Flammen geschart. Zuerst züngeln die Flammen um das Holz, dann greifen sie an, fressen sich hinein, lohen wild und hell auf. Das Feuer hat Ähnlichkeit mit den Gefühlen in Anschis Innern. Sie greift nach einem Stück Holz und legt es in die Glut. Die Flammen machen ihre Hand heiß und lassen das Blut unter der Haut rot aufschimmern. Wie immer haben sich die vier Freunde zusammengefunden, diesmal vor den Himbeersträuchern. Steff stochert in der Glut herum, Birte hat die Arme um die Knie geschlungen und den Kopf daraufgelegt, träumt vor sich hin, Lasse hat die Beine unter dem Frauenrock verborgen, nur die Stöckelschuhe schauen ein Stück hervor. Als er den Kopf zur Seite wendet und Anschi mit einem schnellen Lächeln streift, wünscht sie sich, daß er sie einmal leicht berührt, so wie sie vorhin den Baum und die Blätter berührt hat. Ihr Wunsch geht nicht in Erfüllung.

Anschi hat Phantasie

Wegen des geplanten Theaterstücks hätte Anschi gern Carla um Rat gefragt, die ja vom Schauspielen was versteht. Aber in letzter Zeit hat Carla Schwierigkeiten mit ihrer Arbeit. Sie kriegt beim Fernsehen und Theater nicht mehr die Rollen angeboten, die sie sich wünscht. Seit langem hat sie keine wirklich gute Laune mehr gehabt. Ihre Probleme haben mit der Konkurrenz beim Fernsehen zu tun. Andere Schauspielerinnen, die jünger sind als Carla, schnappen ihr die interessanten Rollen vor der Nase weg. Carla behauptet, die Frauen umgarnen Viktor, damit er ihnen die besseren Rollen gibt. Es kann doch nicht sein, daß die Frauen mit einer Garnrolle ins Studio kommen und anfangen, das Garn um Viktor herumzuwickeln, bis er ganz eingeschnürt ist, und dann befehlen sie ihm, die Rollen rauszurücken?! So kann es doch beim Fernsehen nicht zugehen! Gewiß sieht Carla Gespenster! Aber es ist wahr, daß sie in letzter Zeit wenig Geld haben, weil Carla zu wenige Rollenangebote bekommt.

«Ich soll brave Hausfrauen spielen!» schimpft sie. «Solche, die in der Küche stehen und kochen, die auf ihren Mann warten, die ihn küssen, wenn er von der Arbeit nach Hause kommt!»

Anschi findet, daß Carla sich bei Ortwin genauso verhält, wenn er zur Tür hereinkommt. Aber im Fernsehen will sie die Rolle nicht spielen. Carla möchte anspruchsvolle Rollen haben, und die gibt es selten im Fernsehen, und wenn sie mal zu haben sind, wird Carla nicht dafür ausgesucht.

Wie gut, daß über das Theaterstück in der Schule nur die Leute bestimmen, die zur Vorbereitungsgruppe gehören: Steff, Birte, Lasse und Anschi. Sie haben sich vorgenommen, ein richtiges Rollenbuch zu schreiben, und wollen sich ab Montag wöchentlich einmal in der Schule treffen, um das Stück zu proben.

Heute nachmittag hat Anschi sich in dem Laden, wo es die bunten Bücher aus China gibt, ein schönes, dickes, nagelneues Schreibbuch gekauft. In diesem Buch wird das Theaterstück aufgeschrieben. Niemand hat etwas dagegen, daß Anschi schon mit dem Schreiben anfängt. Einverstanden sind auch alle mit einer Liebesgeschichte. Aber je länger Anschi darüber nachdenkt, desto unmöglicher erscheint es ihr, so ein schwieriges Thema auf die Bühne zu bringen.

Früher als gewöhnlich kommt Carla heute nach Hause. Sie könnte Anschi einen Tip geben, wie das Rollenbuch geschrieben werden muß. Wenn sie ins Zimmer kommt, will Anschi sie gleich fragen. Aber Carla fegt durch den Flur in ihr Zimmer und knallt die Tür hinter sich zu.

Ich frag sie lieber erst beim Abendessen, denkt Anschi. Ihr fällt ein, daß Ortwin sich schon seit zwei Wochen nicht mehr hat sehen lassen. Hoffentlich hat Carla sich nicht mit ihm zerstritten, hoffentlich ist heute nur Viktor schuld an Carlas schlechter Laune. Wenn Carla außer ihren beruflichen Sorgen auch noch Liebeskummer hat, ist nichts mehr mit ihr anzufangen.

Bis zum Abendessen dauert es noch eine Weile. So lange kann Anschi unmöglich am Schreibtisch vor dem China-Buch sitzen und Däumchen drehen. Je öfter sie die Bäume und Blumen anschaut, die aus bunten Fäden in den Seidenstoff des Einbandes gewirkt sind, desto mehr wird sie verlockt, das Buch zu öffnen, in das Innere einzudringen und aufzuschreiben, was ihr zum Theaterstück einfällt.

Sie braucht einen Titel und mehrere Personen, die in dem Stück auftreten. Die Handlung soll spannend sein. Vielleicht könnte an einem ganz gewöhnlichen Tag an verschiedenen Orten in einer Stadt etwas Außergewöhnliches geschehen. Auch das Vergnügen darf im Stück nicht zu kurz kommen. Spaßmacher im Hause Larsen ist Anschis Clown.

«Was meinst du dazu?» fragt Anschi ihn und bewundert wieder mal seine beweglichen Arme und Beine, seinen bunten, glänzenden Anzug und den großen weißen Kragen mit roten Pünktchen, aus dem sein Kopf mit der knallroten Nase und den Struwelhaaren herausragt. Aber der Clown antwortet ihr nicht, hängt still und steif an seinen Schnüren. «Ich sehe schon», sagt Anschi gekränkt, «du willst mir nicht helfen!»

Der Clown läßt sich durch ihre Worte nicht aus der Ruhe bringen, lächelt sein immergleiches Lächeln, er lebt nicht, in Wirklichkeit ist er nur eine Puppe. Längst ahnt Anschi, daß er nicht sprechen kann, er kann ihr gar nicht helfen. Doch wie wäre es, wenn sie ihn zum Sprechen bringen würde, indem sie ihn im Theaterstück auftreten ließe? Er könnte die Hauptrolle übernehmen. Clowns sind beliebt, sie sind außergewöhnlich, jung und alt, Frau und Mann, lustig und traurig. Vielleicht kommt der Clown in eine Schulklasse, in eine Wohnung, in eine Polizeiwache, und die Leute, denen er begegnet, lachen über ihn, wundern sich über ihn und wissen nicht, wie sie mit ihm umgehen sollen, weil er sich anders verhält als sie.

Kaum ist die Idee geboren, denkt Anschi sich den Anfang des Theaterstückes aus. Aber bevor sie die Handlung weiterspinnt, will sie aufschreiben, was sie sich vorstellt, damit sie es nicht vergißt. Sie schlägt das Rollenbuch auf, und plötzlich fällt ihr ein, wie sie das Stück nennen könnte. In großen Buchstaben schreibt sie auf die erste Seite

EINE KOMISCHE FIGUR

Unter dem Titel muß stehen, ob es sich um ein Lustspiel oder ein Trauerspiel handelt. Das hat Anschi mal in einem Theaterprogramm gesehen. Also schreibt sie

Lustspiel in drei Akten

Mehr Akte werden ihr sicher nicht einfallen, aber drei müssen es mindestens sein, und natürlich kann sie ein Stück mit einem Clown als Helden Lustspiel nennen. Ein spannendes, lustiges Theaterstück wird den Zuschauern gefallen. Anschi läßt ein paar Zeilen frei, dann schreibt sie

Mitwirkende:

Wer in dem Stück mitspielt, ist noch ungewiß. Hier kann Anschi nichts eintragen. Sie klappt das Buch zu und nimmt sich eine Kladde, um die Ideen, die sie im Kopf gesammelt hat, hineinzuschreiben; denn im Rollenbuch will sie alles fein ordnen, dort müssen die handelnden Personen beschrieben werden, Anschi muß sich ausdenken, was sie tun und zueinander sagen. Im Augenblick wimmeln hundert Einfälle in ihrem Kopf herum, es ist besser, sie zunächst im Heft zusammenzutragen.

Mit einemmal steht Carla im Zimmer. Im Eifer des Schreibens hat Anschi sie nicht hereinkommen hören.

«Was treibst du?»

Das geht dich gar nichts an! denkt Anschi im ersten Moment, aber gleich tut es ihr leid, Carla auszuschließen. Theaterspielen geht Carla was an, es liegt gewissermaßen in der Familie. Also darf Carla das Rollenbuch und das Schreibheft in die Hand nehmen und lesen, was Anschi geschrieben hat.

«Ein Theaterstück?» fragt Carla. Anschi nickt.

«Ihr wollt es in der Schule aufführen?» Wieder nickt Anschi und erzählt, was sie sich vorstellt.

«Phantastisch!» sagt Carla bewundernd, als sie das Buch und das Heft an Anschi zurückgibt. «Was geschieht im ersten Akt?»

Diese Frage macht Anschi ganz kribblig. Carla will mehr über das Theaterstück wissen, sie ist neugierig, gespannt, und Anschi, die sowieso schon wild darauf ist, sich die Clownsgeschichte in allen Einzelheiten auszumalen, wird immer begieriger, sich ans Werk zu machen. Carla soll nur rausgehen, ihren Ortwin anrufen und Anschi beim Schreiben in Ruhe lassen.

Doch Carla nistet sich bei ihr ein, legt sich lang aufs Bett, erweckt den Eindruck, als sei sie auf Unterhaltung aus. So gern Anschi sie sonst bei sich im Zimmer zu Gast hat, so sehr stört sie jetzt. Anschi guckt auf ihr Schreibheft, zur Zimmerdecke, zu Carla und wieder zurück zum Heft. Begreift Carla denn nicht, daß Anschi keine Zeit für sie hat?! Im allgemeinen hat Carla keine Zeit für Anschi, nun stellt sich heraus, daß auch der umgekehrte Fall eintreten kann. Anschi denkt gar nicht daran, sich zu Carla aufs Bett zu hocken wie sonst, sondern bleibt am Schreibtisch sitzen, stiert auf die Heftseite, auf die Buchstaben, gönnt Carla nicht einen Blick.

«Stimmt was nicht?»

Die Erwachsenen können nicht kapieren, daß Kinder auch mal was Dringendes vorhaben. «Alles in Ordnung», sagt Anschi. «Ich muß nur noch arbeiten.»

«Hm.» Carla setzt sich auf, zögert, sie kann es nicht fassen. Es passiert so selten, daß Mutter und Tochter gemütlich beieinandersitzen. Gewiß kann Carla nicht ermessen, wie wichtig Anschi das Theaterstück nimmt. Immer sind Carlas Fernsehfilme wichtiger. Es tut Anschi ein bißchen leid, Carla abzuweisen, doch sie ist sich ganz sicher, daß sie es tun muß, auch wenn sie Carla damit beleidigt.

Sie nimmt ihren Füller in eine Hand und stützt den Kopf in die andere. Am besten passiert gleich im ersten Akt was Aufregendes, damit das Publikum in gute Stimmung versetzt wird. Anschi braucht nur ihren Clown anzuschauen, dann weiß sie, was passiert. Es ist ganz einfach: Die Handlung beginnt im Zimmer eines Mädchens. Dort gibt es unter anderen Spielsachen einen Clown, nicht so einen kleinen wie bei Anschi, sondern einen, der etwa so groß ist wie Birte, Lasse oder Steff. Eines Tages wird er lebendig, fängt an, sich zu bewegen, zu gehen, ungeschickt natürlich, weil er es zum erstenmal probiert. Diese Szene stellt Anschi sich spannend vor, falls der Clown seine Rolle gut spielt. Nun klappert er mit seinen hölzernen Beinen zum Fenster. Ob Lasse sich wie ein Clown durchs Zimmer bewegen kann?

Anschi hebt den Kopf und sieht, daß Carla noch nicht hinausgegangen ist. «Ich muß etwas mit dir besprechen!» sagt sie.

Auch das noch! denkt Anschi. In der Schule hat sich nichts Schlimmes ereignet, vielleicht beim Fernsehen?

Ungern legt sie den Füller hin. Clownsgeschichten sind viel interessanter als Familiengeschichten.

«Willst du etwa Ortwin heiraten?»

Verblüfft schaut Carla sie an. «Übers Heiraten wollte ich mit dir reden», meint sie zögernd, legt eine Pause ein, es fällt ihr offenbar schwer weiterzusprechen, «... aber nicht über eine Heirat zwischen Ortwin und mir.» Also über Arnolds Heirat, vermutet Anschi. Davon will sie aber nichts mehr hören. Soll er doch heiraten, und damit basta!

«Willst du nicht zu mir herkommen?» fragt Carla.

Ich will das Theaterstück schreiben.

Damit Carla sich aber nicht länger quälen muß, um ihr die Nachricht von Arnolds Hochzeit schonend beizubringen, nimmt Anschi ihr die Mühe ab: «Du meinst Arnold und Ulla!» Zum zweitenmal kann Anschi heute Carla überraschen.

«Du hast *nichts* dagegen?» Plötzlich hat Carla ihre Sprache wiedergefunden und erzählt, daß Arnold angerufen hat. Er fürchtet, daß Anschi ihm böse ist. Klar ist Anschi böse, aber jetzt hat sie etwas anderes zu tun. Sie zuckt die Achseln und nimmt ihren Füller wieder in die Hand.

Erleichtert seufzt Carla auf. «Ich dachte, wir kriegen noch mehr Probleme», sagt sie, erhebt sich vom Bett – na endlich! – und lächelt Anschi freundlich zu. «Dann laß ich dich jetzt in Ruhe!» Anschi grinst zurück.

An der Tür wendet Carla sich noch mal zu ihr um. «Falls ihr eine Fachfrau für euer Theaterstück braucht, könnt ihr euch gern bei mir melden!» Sie zieht behutsam die Tür hinter sich zu.

Kaum ist Anschi allein, fallen ihr tausend Ideen ein.

Theater

Nachdem Anschi begonnen hat, das Rollenbuch zu schreiben, geht ihr das Theaterstück nicht mehr aus dem Kopf. Sie findet keine Zeit mehr zum Lesen, an den Nachmittagen mit Birte reden sie nur noch vom Theater, selbst den Maulwurf trifft Anschi selten, und es stört sie überhaupt nicht, wenn Carla spät nach Hause kommt.

Während der großen Pausen versammelt sich die Clique in der Wildnis und berät über die Rollenverteilung. Bis zum Schulfest haben sie noch viel zu tun. Sie müssen proben, Kulissen bauen, Kostüme beschaffen oder nähen. Steff hat sich bereiterklärt, das Theaterstück vom Rollenbuch in die Maschine zu tippen, denn jeder Darsteller muß seinen eigenen Rollentext bekommen, um ihn zu lernen.

Anschis Ideen für ‹Eine komische Figur› haben allgemeine Zustimmung gefunden. Das Rollenbuch füllt sich mit Szenen, von denen die erste bereits fertig ist und mit fünf Schauspielern geprobt wird. Drei Schüler, die in Kunst begabt sind, wollen sich um die Kulissen kümmern.

Trotz dieser Arbeitsverteilung wird in der Vorbereitungsgruppe gestöhnt. Lasse, Steff, Birte und Anschi tragen die Verantwortung für das Gelingen des Stückes. Sie müssen dafür sorgen, daß die Rollen gelernt werden, daß die Proben regelmäßig stattfinden und die Mitwirkenden pünktlich erscheinen. Unter den Schauspielern gibt es jedoch einige, die sich auf die faule Haut legen, ihre Texte vergessen genauso wie englische Vokabeln oder das Distributivgesetz. Dann stottern sie bei den Proben ihre Sätze herunter oder starren aufs Rollenblatt und können sich auf der Bühne nicht frei bewegen.

Anfangs bewältigt Anschi die zusätzliche Arbeit ohne Schwierigkeiten. Doch als die Theatertermine sich häufen, klaut sie sich einen Teil der Zeit, die für die Schularbeiten bestimmt ist. Frau Becker erwischt sie beim Abschreiben der Hausaufgaben und warnt sie, die Versetzung nicht zu gefährden.

Die Proben bringen Abwechslung und Spannung in Anschis Tagesablauf. Aber auch zwischen ihr und Lasse hat sich etwas verändert. Sie braucht ihn nicht mehr zum Rendezvous einzuladen, weil sie mehrmals in der Woche mit ihm zusammen zu den Proben und von den Proben wieder zurück nach Hause fährt. Lasse kommt um Viertel vor vier mit dem Fahrrad bei Larsens vorgefahren, klingelt Sturm, und schon saust Anschi aus dem Haus. Wer sich einbildet, sie fallen sich um den Hals und küssen sich, der täuscht sich. Der erste Kuß zwischen ihnen ist bisher der einzige geblieben, aber Anschi hat die Liebesgeschichte schon weitergeträumt, und sicher träumt auf seine Art auch Lasse, denn er ist nicht mehr schüchtern, wenn er sich mit Anschi trifft, sondern redet wie ein Wasserfall, und manchmal pfeift er eine bekannte Melodie. Als Steff einmal grinsend bemerkt, Anschi und Lasse könnten sich wohl gar nicht mehr voneinander trennen, antwortet er: «Du bist ja bloß neidisch!»

Übrigens spielt Lasse in dem Theaterstück nicht den Clown, sondern einen Großvater. Die Mutter wird von Birte gespielt, das Mädchen Tina von Anschi, und Steff hat die Rolle des Clowns übernommen. So schnell wie er kann niemand Texte auswendig lernen. Er beherrscht seine Rolle sicherer als die anderen, die ihm zugestehen, daß er ein prima Hauptdarsteller ist.

Der erste Akt des Stückes spielt um die Mittagszeit in der Küche bei Familie Brodersen, wo Mutter und Großvater am Tisch sitzen, als Anschi den Clown Steff hereinschleppt. Beim Aufschreiben der Szene hat sie sich über das Gewicht von Zwölfjährigen keine Gedanken gemacht. Sie merkt erst während der Probe, wieviel Kraft sie aufwenden muß, um Steff, der puppensteif in ihren Armen hängt, durch den Raum zu zerren. «Uff!» stöhnt sie und wuchtet ihn auf eine Kiste.

Aber die anderen sind unzufrieden. «Noch mal das Ganze!» befiehlt Birte. «Ihr müßt natürlicher spielen! Eine Stoffpuppe wiegt nicht so viel!» Die beiden wiederholen ihren Auftritt. Anschi tut ihr Bestes, sich die Mühe nicht anmerken zu lassen und ihre Puppe recht lässig hinter sich herzuziehen. Erst beim fünften Versuch steht die Szene. Schauspielen ist gar nicht so einfach.

Anschließend zeigt Steff seine Kunst. Überrascht verfolgt Familie Brodersen, wie die Puppe aus ihrer Hölzernheit erwacht. Sie baumelt mit den Beinen, schlenkert mit den Armen, reckt ihren Körper, rollt mit den Augen, schielt und erhebt sich von der Kiste.

«Weiter! Weiter!» Die Zuschauer jubeln und feuern Steff zu neuen Späßen an. Nun wackelt er durch den Raum, setzt sich zu den Brodersens an den Tisch und stiftet Verwirrung, als er mit quietschender Stimme nach Essen verlangt.

Alles brüllt vor Lachen. Steff spielt so komisch, daß die Zuschauer sich gut unterhalten werden.

«Ich weiß, das Stück wird ein Erfolg!» prophezeit Birte.

Lasse ist skeptischer. «Warten wir's ab!»

Die Abende, an denen Anschi zusammen mit Lasse von den Proben nach Hause fährt, haben für sie eine besondere Bedeutung, wegen des Theaterstücks und wegen Lasse. Fast jedesmal fahren sie durch die Parkanlage mit den Wiesenflächen, zu deren beiden Seiten weiße und rote Heckenrosen blühen. Den Rosenduft in der Luft, der sie auf dem Weg begleitet, kann Anschi abends im Bett noch riechen. An einem dieser Tage jedoch, als es später geworden ist, wählen sie eine Abkürzung und fahren die Hauptstraße entlang. Die Probe ist gut verlaufen, alle Schauspieler waren fleißig, bis zur Aufführung dauert es nicht mehr lange.

Gutgelaunt rasen Anschi und Lasse um die Wette den Fahrradweg hinunter, mal überholt Lasse Anschi, mal setzt sie sich an die Spitze.

Als sie die Kreuzung erreichen und bei Grün schnell hinübersausen, erblickt Anschi *ihn*. Er verkauft zu dieser Stunde keine Zeitungen mehr, hat seinen Tisch zusammengepackt und beiseitegestellt. Aber er sitzt noch da, lehnt sich gegen die Hauswand und raucht eine Zigarette. Anschi hat so lange nicht mehr mit ihm gesprochen. Sie will mindestens einige Minuten bleiben und fragen, was es Neues gibt.

Lasse fährt neben ihr. Er bemerkt ihre Blicke zu dem Mann an der Mauer.

«Kennst du den Penner?» fragt er.

Abrupt stoppt sie ihre Fahrt und springt vom Sattel. Dann schreit sie Lasse an: «Hau ab! Sieh zu, daß du verschwindest, aber schnell!»

Lasse guckt ganz verdattert, aber Anschi wirft ihm einen so bitterbösen Blick zu, daß er nichts weiter sagt, sondern davonrast.

Als Anschi ihr Fahrrad neben Maulwurf an die Mauer stellt und mit zitternden Händen das Kettenschloß öffnet, um das Rad anzuschließen, fühlt sie ihr Herz vor Aufregung wild klopfen.

Sie hockt sich wortlos neben Maulwurf, streckt die Beine aus und lehnt sich langsam zurück. Maulwurf raucht ruhig weiter.

«Na?» fragt er nach einer Weile. «Wie geht's?»

Vorsichtig schaut ihn Anschi von der Seite an. Nein, er ist nicht wütend. Ob er Lasses Bemerkung nicht gehört hat?

«Wir spielen Theater», sagt sie, damit Maulwurf gleich erfährt, warum sie sich so lange nicht getroffen haben.

«Theaterspielen würde mir auch gefallen!» stellt Maulwurf fest, führt mit zitternder Hand die Zigarette zum Mund und nimmt einen tiefen Zug. Sein graues Gesicht und seine undeutliche Sprache machen Anschi Sorgen. Maulwurf könnte krank sein. Sie ärgert sich noch mehr über Lasse und seinen dummen Spruch. Doch Maulwurf will wissen, wie das Theaterstück heißt.

«Eine komische Figur.»

«So wie ich», sagt Maulwurf.

Wie Maulwurf? Was für eine Idee! Anschi schaut ihn perplex an. Aber dann denkt sie, ja, könnte sein.

«Und welche Rolle spielst du?» fragt Maulwurf.

Anschi will es ihm gern erzählen, will ihm alles erzählen und sprudelt los: «Du glaubst gar nicht, wie anstrengend das Theaterspielen ist. Die Leute lernen ihre Texte nicht, sie vergessen ihre Kostüme, kommen zu spät oder überhaupt nicht und melden sich nicht mal ab, wenn sie was anderes vorhaben. 'n Sack Flöhe zu hüten ist leichter, als 'ne Theatergruppe zu leiten!»

Maulwurf bedauert die arme Anschi, und sie berichtet weiter und informiert ihn über jede Einzelheit der Probenarbeit, so daß es ihm vorkommen muß, als habe er daran teilgenommen. Zwischendurch stellt er Fragen nach den Kostümen und der Bühnenausstattung, interessiert sich dafür, wann und wo das Stück aufgeführt wird.

«Du mußt auch kommen und zuschauen!» sagt Anschi, unterbricht sich dann aber, weil sie sich an Lasses Bemerkung erinnert. Womöglich denken die anderen aus der Schule genauso wie

Lasse? Wenn Maulwurf in seinem schäbigen T-Shirt und seiner alten Hose auf den Schulhof kommt, wo Eltern, Lehrer und Schüler zur Aufführung versammelt sind, starren ihn vielleicht alle an und sagen oder denken was Häßliches über ihn.

Maulwurf wirft den Zigarettenstummel in hohem Bogen auf die Straße.

«Hast du heute Überstunden gemacht?» fragt Anschi.

«Ich hab gar nicht gearbeitet!»

«Aha, du hast den ganzen Tag in der Sonne gelegen!»

«So kann man es nennen», sagt Maulwurf mit einer Stimme, die ganz anders klingt als sonst. Was ist nur mit ihm los?

Anschi mag gar nicht danach fragen. Sie macht sich Vorwürfe, daß sie mehrere Tage lang auf einem anderen Weg zur Schule gefahren und nicht an seinem Zeitungsstand vorübergekommen ist. Vielleicht ist Maulwurf inzwischen was Unangenehmes passiert.

«Gehst du jetzt nach Hause?» will sie wissen, denn sie selbst darf nicht länger herumtrödeln und wünscht sich, daß Maulwurf aufsteht. Gleichzeitig hat sie Angst davor, er könnte auf der Straße sitzen bleiben, weil er kein Zuhause hat, wo er hingehen kann. Sie weiß nicht, wo er wohnt, er hat es ihr nie erzählt, und sie hat sich nicht darum gekümmert, war zufrieden, daß er jeden Tag an derselben Stelle mit seinem Tisch und seinen Zeitungen stand.

«Fahr nur los», sagt Maulwurf, «ich mach mich auch gleich auf den Weg.»

Anschi stemmt sich hoch und geht zu ihrem Fahrrad. «Ist der Junge, mit dem du gekommen bist, ein Freund von dir?» fragt Maulwurf. Die Fahrradkette schlägt gegen das Schutzblech. «Das wird sich herausstellen!» ruft Anschi, schwingt sich aufs Rad, winkt Maulwurf zum Abschied und saust los. Bei der Ampel hält sie an und schaut kurz noch mal zurück. Maulwurf hat sich nicht von der Stelle gerührt.

An diesem Abend mag Anschi nichts essen, obwohl Carla ein Vollkornbrot mit Schinken in der Küche für sie bereitgestellt hat. Gern würde sie gleich ins Bett kriechen, aber heute übt sie ebenso gern noch für Mathematik.

Die Aufgaben lenken sie von ihren unangenehmen Gedanken ab, sie ist richtig froh, eine ganze Seite ordentlich mit Zahlen vollzuschreiben, sie zu vergleichen, zu teilen, zu vermehren. Zahlen machen nicht traurig, nicht wütend, sie sind sachlich.

Obwohl Anschi genau und ausführlich rechnet, reichen die Aufgaben nicht aus, um sie zu beruhigen. Hartwig hätte ihr noch mehr Arbeit geben sollen. Kaum hat sie das Matheheft zugeklappt, geht es wieder los mit den Lasse- und Maulwurf-Gedanken. Das Gefühl, daß Lasse ein Schwein ist, läßt Anschi nicht los, vor lauter Grübeln kann sie nicht einschlafen. Immer wieder sieht sie sich und Lasse mit ihren Fahrrädern an der Kreuzung stehen, Maulwurf sitzt an der Hauswand, und Lasse fragt, ob Anschi ‹den Penner› kennt.

Der nächste Schultag liegt wie ein unüberwindliches Hindernis vor Anschi. Entweder spricht sie mit Lasse kein Wort mehr oder sie muß sich mit ihm streiten. Es ist etwas zwischen ihnen passiert, das nicht hätte passieren dürfen, und Anschi fürchtet sich davor, diesen abscheulichen Lasse morgen früh in der Klasse zu treffen und zu hören, was er sagen wird.

In dieser Nacht schläft Anschi wenig, sie erwacht früh und macht sich rechtzeitig auf den Schulweg, weil sie am Zeitungsstand vorbeischauen will. Maulwurf steht wie immer an seinem Platz – was für eine Erleichterung! Er sieht blaß aus und ein bißchen verwahrlost, aber er ist nicht etwa in die Erde zurückgekrochen wie in Anschis Alptraum in der Nacht. Maulwurf hat sogar einen Comic für Anschi aus der Zeitung herausgesucht. Egal, ob sie heute zu Hartwigs Mathestunde zu spät kommt und eingetragen wird. Wenn Hartwig den Maulwurf kennen würde, verstünde er vielleicht, daß sie sich neben dem Stand auf die Erde hocken, in aller Ruhe die kleinen Bilder betrachten und sich über die witzigen Figuren und ihr Geplapper in den Sprechblasen kaputtlachen muß.

Für den Rest des Schulweges hat Anschi etwas zum Lachen, und als sie ein wenig verspätet in das Klassenzimmer kommt, fängt gerade die Mathestunde an, sie kann das Problem ‹Lasse› erst einmal verschieben.

«Ich hab meine Rolle gelernt!» flüstert Birte ihr zu, die nicht mehr ganz so aufmerksam im Unterricht ist, seitdem sie Theater spielen. Um so mehr wundert sie sich über Anschis Arbeitswut. Die Freundin klebt mit ihrem Blick entweder an Tafel oder auf dem Matheheft und läßt sich nicht ablenken. Auch Hartwig ist überrascht von Anschis Lerneifer und trägt eine Zwei für ihre Leistungen in seinem Notenbuch ein. Kurz vor Ende der Stunde flattert ein kleiner Briefumschlag auf Anschis Tisch. Sie erschrickt, als sie Lasses Schrift erkennt.

Mitten im Pausenläuten faltet sie den Brief auseinander.

«Ich komm heute um drei zu dir», hat Lasse geschrieben. Dieser kleine Brief wiegt schwer in Anschis Hosentasche, bedeutet er doch, daß sie mit Lasse über gestern reden muß. In den Pausen gehen sie sich aus dem Weg. Lasse spielt auf dem Schulhof Tischtennis, und Anschi und Birte bleiben im Klassenzimmer, um die Personen für den zweiten Akt auszuwählen, der in einer Schulklasse spielt. Natürlich brauchen sie nicht dreißig Schüler, aber sechs müssen es mindestens sein. Wenn sich auf der Bühne sechs Schüler zu zweit hintereinander setzen, sieht es aus wie eine Klasse. Ein siebenter spielt den Lehrer.

Schüler darzustellen, fällt allen leicht, Schüler sind sie wirklich jeden Tag. Doch im Theaterstück platzt Steff, der Clown, in den Unterricht. Die gewöhnliche Schulsituation verändert sich. Was wird der Lehrer tun, was werden die Schüler mit dem Clown anfangen? Das wollen sie am kommenden Mittwoch proben.

In der großen Pause haben sie eine Beratung wegen der Bühnenausstattung. So vergeht der Vormittag, ohne daß Lasse und

Anschi sich begegnen. Wie das Treffen um drei Uhr ablaufen wird, mag Anschi sich noch gar nicht vorstellen. Mittags schmeckt ihr das Essen wieder nicht, sie kann sich auch nicht auf die Schularbeiten konzentrieren und ist froh, daß Carla erst morgen von einer Tournee zurückkommt. Sie braucht von Lasses Besuch nichts zu erfahren.

Bis heute hat Lasse immer vor der Tür auf Anschi gewartet. Nun will sie ihn zum erstenmal in die Wohnung hereinlassen, Lasse wird ihr Zimmer sehen, ihre Sachen, die Bücher, den Clown. Vielleicht gefällt ihm das Zimmer nicht, so wie ihm Maulwurf nicht gefallen hat. Um halb drei wünscht Anschi sich, daß Lasse nicht käme. Sicherlich werden sie sich wegen Maulwurf streiten, dann ist es aus zwischen Lasse und ihr, und mit dem Theaterstück ist es vorbei, weil Anschi dann keine Lust mehr hat, mit Lasse zusammen zu spielen.

Um Viertel vor drei stellt Anschi die kleine Kerze auf den Küchentisch, holt Tassen aus dem Schrank und die Teekanne. Lasse soll zuerst in die Küche kommen, sie trinken zusammen Tee, reden, und dabei wird es sich herausstellen, ob Lasse ein Mistkerl ist.

Punkt drei klingelt es an der Tür. Anschi läßt den Tee, den sie gerade aufgegossen hat, stehen und rennt in den Flur, kehrt aber sofort um und rennt in die Küche zurück. Sie wird doch nicht alles liegen lassen, nur um Lasse schnell zu begrüßen! Er soll sich auch nicht etwa einbilden, daß sie ihn abknutscht, so wie Carla den Ortwin.

Beim zweiten Klingeln hebt Anschi das Teenetz aus der Kanne, um zu prüfen, ob der Tee die richtige Stärke hat. Er muß noch ziehen, und nun schlendert Anschi langsam zur Tür und öffnet sie beim dritten Läuten.

«Hallo!» sagt sie lässig zur Begrüßung, Lasse sagt auch:

«Hallo!»

Von dem Augenblick, als Lasse ankommt, bis zu dem Augenblick, als er wieder weggeht, hat Anschi das Gefühl, ihn wie durch ein Vergrößerungsglas wahrzunehmen. Alles an ihm erscheint ihr deutlicher. Er trägt einen verwaschenen roten Pullover, auf dessen Brusttasche ein grünes Nilpferd gestickt ist. Das wollene Hinterteil des Tieres ist vom Waschen zerfasert. Am Kinn hat Lasse sich einige Pickel aufgekratzt, unter denen die Haut sich teils rot, teils braun von den anderen hellen Hautstellen abhebt. Sein freches Lachen hat Lasse zu Hause gelassen. Verlegen steht er an der Tür, als traue er sich nicht über die Schwelle. Da macht Anschi ihm Platz: «Komm rein!» Hintereinander gehen sie durch den Flur in die Küche, wo Anschi sofort auf den Tisch zusteuert und sich in ihrem Lehnstuhl niederläßt. Lasse bleibt unentschlossen stehen, guckt sich in der Küche um, dann wendet er sich auch zum Tisch. Nanu? Er greift nach der Kanne, fängt an, den Tee einzuschenken, zuerst in Anschis Tasse, danach in die andere, die für ihn bestimmt ist, stellt die Kanne wieder ab und setzt sich Anschi gegenüber. Erstaunt hat Anschi sein Tun verfolgt.

«Trinkst du auch gern Tee?» fragt sie dumm.

Er nickt, probiert einen Schluck und sagt: «Ostfriesen», nimmt seinen Teelöffel und schiebt ihn in die Zuckerdose, gerade als Anschi auch hineinlangt. Die Löffel klirren aneinander. Anschi und Lasse schauen sich an und grinsen. Behutsam heben sie jeder ein Zuckerhäufchen zu ihren Tassen herüber, lassen die Kristalle in die Flüssigkeit rieseln und fangen an zu rühren, rühren und rühren.

Dabei sieht Anschi Lasses Hand, die jetzt die Tasse hält, seine breiten festen Fingernägel, unter denen sich Schmutz festgesetzt hat. Lasse stellt die Tasse ab, fährt sich mit den Fingern durchs Haar und reibt sich die Augen. Der Tee schmeckt gut. Sie füllen beide ihre Tassen nach.

«Ich mach meine Schularbeiten in der Küche», sagt Lasse.

«Hier?»

«Nein, bei mir!» Jetzt lacht er. Seine Augen sind von einem hellen Blaugrau, die Lider mit den langen dunklen Wimpern zucken nervös. Ist Lasse gekommen, um ihr was von seinen Schularbeiten zu erzählen? Fragend schaut Anschi ihn an. Er druckst herum, trinkt von seinem Tee, und dann stottert er: «Also dieser, dieser Mann ... gestern abend ...»

«Er heißt Berthold!» Lasse soll gleich wissen, daß Maulwurf einen Namen hat wie jeder andere Mensch.

«Ich hab ihn schon öfter gesehen», sagt Lasse, «er hat einen Zeitungsstand.»

Klar verkauft Maulwurf Zeitungen. «Deshalb ist er noch lange kein Penner!»

«Aber ich hab ihn auch schon besoffen gesehen!»

Na und?! Maulwurf arbeitet jeden Tag, und in seiner Freizeit geht er mal in 'ne Kneipe und trinkt 'n Bier.

Lasse knetet an der kleinen Kerze herum, die auf dem Tisch steht. Da kickt Anschi die Streichholzschachtel zu ihm hinüber. Ein Hölzchen flammt auf, Lasse zündet die Kerze an. Es wird behaglich in der Küche.

«Na ja», sagt Lasse, «ist ja auch egal.»

Es ist nicht egal. Lasse hat Maulwurf besoffen gesehen, aber er hat keine Ahnung, was für ein Freund Maulwurf ist. Anschi kann es ihm nicht mal erklären. Ihre Freundschaft mit Maulwurf ist unerklärlich. Auf keinen Fall wird sie Lasse von den geklauten T-Shirts erzählen. Sie wird ihm auch nicht den Spitznamen verraten. Doch wie kann Lasse ihre Freundschaft mit Maulwurf richtig einschätzen, wenn er von alledem nichts weiß? Vielleicht würde er begreifen, daß Maulwurf keine Lust zum Arbeiten hat, denn Lasse vergißt selbst gern die Schularbeiten. Am liebsten wäre es ihr, wenn er alles von Maulwurf wissen dürfte und ihn daraufhin genauso gern hätte, wie Anschi Maulwurf gern hat.

«Kennst du ihn schon lange?» fragt Lasse.

«Sehr lange.»

In Wahrheit kennt sie ihn erst ein Jahr, es kommt ihr aber so vor, als habe sich seitdem die Zeit zwischen ihr und Maulwurf ausgedehnt.

«Das mit dem ‹Penner› ist mir nur so rausgerutscht», sagt Lasse.

Du liebe Zeit! Er hat tatsächlich was kapiert!

Forschend sieht Lasse Anschi an.

Sie ist immer noch ein bißchen böse, aber es könnte sein, daß doch nicht *alles* aus ist zwischen ihr und Lasse. Er hat ihr wegen Maulwurf einen Brief geschrieben, ist zu ihr gekommen, außerdem hat er die Beleidigung zurückgenommen.

«Wenn du Lust hast, zeig ich dir mein Zimmer», sagt sie, nimmt ihre Teetasse, geht voran, und er geht mit seiner Tasse hinterher. In Anschis Zimmer legen sie sich bäuchlings auf den Teppich, Lasse darf sich eine Platte aussuchen und auch ihren Plattenspieler bedienen. Das erlaubt sie außer ihm nur noch Birte.

Während sie faulenzen, Musik hören und hin und wieder vom Tee schlürfen, entdeckt Lasse den Clown an der Wand. «Hast du ihn gekauft oder geschenkt bekommen?»

«Er ist aus der Erde gekrochen!»

Da zeigt Lasse auf den eingeschrumpften Luftballon an der hölzernen Hand und behauptet, der Clown müsse vom Himmel heruntergeschwebt sein.

«Er ist aus der Erde gekrochen und vom Himmel geflogen», sagt Anschi, «er veranstaltet gern so ein Theater.»

«Und warum ist er ausgerechnet bei dir gelandet?»

«Aus Spaß!»

«Ha!» schreit Lasse. «Jetzt weiß ich, warum wir auf dem Schulfest Clownstheater spielen ...»

«Es muß gut werden», sagt Anschi, «hast du deine Rolle gelernt?»

«Das Rollenpauken bringt mich um!» stöhnt Lasse.

Er kann nicht länger bleiben, muß Flickzeug besorgen und seinen Fahrradschlauch reparieren.

«Morgen um vier zur Probe!» verabreden sie sich an der Tür. Ein halbes Lächeln von Anschi zu Lasse, von Lasse zu Anschi, ein Händedruck. Warm, fest und etwas rissig liegt seine Hand in ihrer Hand.

«Warte nicht mehr vor der Tür», sagt sie zum Abschied, «du kannst immer reinkommen, jetzt kennst du dich ja aus.»

«Gut», sagt Lasse, «und wann gehen wir ins Kino?»

Anschi überlegt. «Am besten Sonntag ... und vorher ins Eis-Café!»

Plötzlich fällt ihr auf, daß sie Lasses Hand noch nicht losgelassen hat, gleichzeitig merkt es auch Lasse. Ein Gefühl wie ein kleiner elektrischer Schlag zuckt auf und vergeht wieder. Schon haben sie sich eilig voneinander gelöst. Lasse streicht sich durchs Haar, lächelt schüchtern. «Tschüß!» ruft er, macht eine Kehrtwendung und einen großen Satz durch den Hausflur. Anschi schaut ihm nach, bis er durch die Ausgangstür verschwindet. In ihrer Hand ist ein Rest von Lasses Wärme zurückgeblieben.

Anschi lernt Ortwin kennen

Kurz vor Ladenschluß nimmt Anschi sieben Mark aus der kleinen Stahlkassette, die im Küchenregal steht und zur Haushaltskasse bestimmt worden ist. Sie will ein Vollkornbrot und ein halbes Pfund Butter kaufen. Beim Abschließen der Wohnungstür hört sie Schritte, die sich dem Haus nähern. Sie wendet sich um und erschrickt. Ortwin! Ausgerechnet Ortwin! Schnell läßt sie die Schlüssel in ihre Tasche gleiten und geht ihm entgegen. Er soll sich nur gleich wieder davonmachen.

«Carla kommt erst morgen!» sagt sie schon bei der Tür, will sich an Ortwin vorbeidrängen. Aber er bleibt stehen. «Grüß dich!» sagt er freundlich. Sofort wird Anschi mißtrauisch. Ortwin interessiert sich nur für Carla. «Grüß dich» ist nichts weiter als ein leerer Spruch. Wozu darauf antworten! «Ich muß einkaufen!» sagt sie kurz angebunden. Sie hat keine Zeit für Ortwin. Die Geschäfte schließen in fünf Minuten. Doch er läßt sich nicht abweisen. «Nimmst du mich mit?» Was fällt ihm ein! Auf keinen Fall wird sie mit ihm im Supermarkt herumlaufen. «Na?» fragt er. Da geht sie los, und Ortwin folgt ihr. Wie unbehaglich, neben ihm die Straße hinunterzuschlendern! Unwillkürlich beschleunigt sie ihre Schritte, aber das nützt ihr nichts, denn Ortwin hat lange Beine, er weicht ihr nicht von der Seite.

«Kaufen wir viel?» fragt er. Was für eine Frechheit! Anschi will nicht mit ihm zusammen einkaufen, sie will allein Brot und Butter besorgen. Keinesfalls wird sie sich von Ortwin weismachen lassen, er habe mit einemmal eine Vorliebe für sie entdeckt. Er tut nur so. Solche Leute kann Anschi nicht leiden.

Im Supermarkt kümmert sich Ortwin um einen Einkaufswagen, schiebt ihn durch die Sperre und wartet auf Anschi. Dieser Heuchler will sich beliebt machen! Glaub ja nicht, daß ich darauf reinfalle! Anschi greift nach dem Wagen, fährt los und achtet nur noch auf die Regale. Die Butter nimmt sie im Vorüberfahren aus dem Kühlfach, bei den Backwaren hält sie an und wählt das frische, dunkle Brot, das Carla besonders gut schmeckt, steckt es in eine der bereitliegenden Tüten und legt es in den Korb. Unversehens schlittert von rechts eine Schachtel mit Schokoladenplätzchen über den Korbrand und legt sich neben das Brot. «Ich glaub, du magst die Sorte!» sagt Ortwin. Es gefällt Anschi gar nicht, daß er ihre Vorliebe kennt. «Für Kekse reicht mein Geld nicht!» sagt sie abweisend und zeigt Ortwin ihre Münzen.

«Geschenkt!» erwidert er. «Willst du?»

Selbstverständlich will Anschi nicht. «Du kannst sie Carla geben!»

«Bis morgen haben wir beide die Plätzchen längst vertilgt», meint Ortwin. Er hat also vor, die Kekse mit ihr zusammen zu essen. Etwa zu Hause? Eine gräßliche Vorstellung! Zum Einkaufen ist Ortwin mitgekommen, aber nach Hause wird er von Anschi nicht mitgenommen! Hastig holt sie die Keksschachtel aus dem Korb und reißt mit einem Ruck die Pappe auseinander. Ein Schokoladenplätzchen fällt zu Boden, das zweite stopft Anschi sich in den Mund, kaut und kaut und schlingt es in Windeseile hinunter. Gleichzeitig hält sie Ortwin die geöffnete Packung hin. Bedien dich! Er greift nach einem Keks und probiert ein Stückchen, während Anschi sich die doppelte Menge einverleibt. Dabei bewegen sie sich mit dem Einkaufswagen voran, erreichen die Schlange vor der Kasse und stellen sich hinten an.

Anschi schielt in die Schachtel. Bis jetzt fehlen fünf Plätzchen. Zehn weitere müssen vertilgt werden, damit die Schachtel geleert ist, wenn sie den Supermarkt verlassen. Danach hat Ortwin keinen Grund mehr, noch länger mit ihr zusammenzubleiben. Sie schätzt die Entfernung bis zur Kasse ab, prüft auch die Menge der Waren in den Körben der anderen Kunden. Befriedigt stellt sie fest, daß die Zeit reicht, um die restlichen Kekse aus der Schachtel in den Magen zu befördern. Heute wird sie einen Rekord im Plätzchenessen aufstellen. Von den Leuten im Laden wird ihr Riesenappetit, ihre Gier, mit der sie ein Plätzchen nach dem anderen hinunterschluckt, verwundert, aber auch argwöhnisch beobachtet. Aber Anschi läßt sich nicht beirren, schlingt und schlingt, und als nur noch eine Kundin vor ihr an der Kasse steht, steckt sie mit einem Seufzer der Erleichterung den letzten Keks in den Mund. Geschafft!

Schließlich ist Anschi an der Reihe, ihre wenigen Sachen für die Kassiererin bereitzulegen. Sie schiebt den leeren Wagen durch, wartet darauf, daß die Preise für Brot und Butter in die Kasse getippt werden, die leere Schachtel muß Ortwin bezahlen. Aber außer der Schachtel gleiten noch eine Flasche Orangensaft, eine Packung mit Mandelplätzchen und eine mit Sahnebaisers auf dem Laufband heran. «Dies bezahle ich!» hört Anschi Ortwin zur Kassiererin sagen, und zu ihr bemerkt er: «Nachschub für deinen Hunger!»

Anschi holt tief Luft. Sie weiß nicht, was sie noch machen soll, um Ortwin loszuwerden. Mit ihr gemeinsam verläßt er den Supermarkt und verabschiedet sich nicht etwa vor der Ladentür, sondern steht rum, und Anschi steht rum, und es regnet.

Ich geh jetzt nach Hause, denkt sie und will es gerade laut verkünden, da kommt ihr Ortwin zuvor: «Wie wär's mit einem kleinen Imbiß beim Griechen?» Er zeigt auf das Restaurant an der Ecke, zu dem ein paar Stufen hinaufführen. Zum Griechen geht Anschi gern mit Carla oder mit Arnold, dort gibt es leckere Sachen für jeden Geschmack. In ihrer Vorstellung erscheint ein großer Teller mit einem Spieß voller verschiedener Fleischstückchen, drumherum liegen Salate aus Tomaten, Zwiebeln, weißem und rotem Kraut und ein Häufchen gekochter Reis.

‹Der Grieche› sind sieben Personen, Frauen, Männer, junge, alte, dicke, schlanke, alle dunkelhaarig und aus einer Familie, die von Griechenland nach Deutschland übergesiedelt ist, weil der Arbeitslohn in ihrer Heimat nicht ausgereicht hat, um so viele Menschen zu versorgen. Alle Familienmitglieder arbeiten im Restaurant, einige kochen, andere servieren oder kaufen die Lebensmittel ein, putzen die Räume, spülen das Geschirr oder kümmern sich um die Einnahmen und Ausgaben des Betriebes. Die deutschen Gäste kommen gern zum Essen, Kostas' Restaurant ist bei ihnen beliebt. Anschi kennt sogar den Vornamen des einen Sohnes, der Carla und sie manchmal bedient und mit dem sie ins Gespräch gekommen sind. Er heißt Aristoteles, wie der griechische Philosoph aus dem Altertum. Wenn doch Carla hier wäre! Dann könnte Anschi mit ihr zu Kostas essen gehen. Wieder mal wünscht sich Anschi, hexen zu können. Sie würde Ortwin weghexen und Carla oder Arnold herbeizaubern.

«Ich kenn das Lokal nicht», sagt Ortwin, «aber ich wollte schon immer mal das Essen probieren. Carla hat mir Wunderdinge davon erzählt.»

Anschi ist keine Hexe, sie ist bloß Anschi mit allen möglichen Ideen, die leider nicht immer nur Gutes bewirken. Gerade jetzt kommt ihr so eine Idee.

«Gut!» sagt sie und ist plötzlich einverstanden mit einem Essen beim Griechen. Über Ortwins Gesicht huscht ein Lächeln. Klar verstellt er sich wieder, denn warum sollte er sich freuen, mit Anschi zusammen zu sein, wenn er doch Carla am liebsten hat und mit ihr essen und Wein trinken und knutschen will!

Aristoteles aber freut sich aufrichtig, als er Anschi hereinkommen sieht, da ist sie ganz sicher. Er läßt die Gläser stehen, die er gerade mit Bier füllen will, begrüßt Anschi und Ortwin und geht mit ihnen zu einem Tisch im hinteren Raum, wo sie in einer kleinen Nische sitzen und an den Wänden die herrlichsten griechischen Landschaften auf großen Fotos bewundern können. Sofort bringt Aristoteles die Speisekarten. «Wie immer Fleisch, Salat und Reis?» fragt er und lächelt Anschi zu. Sie lächelt zurück, strahlt Aristoteles so sehr an, daß auch er zum Strahlen verleitet wird, und davon versteht er was.

«Kennst du den näher?» fragt Ortwin überrascht, als Aristoteles ihre Bestellungen aufgenommen hat. «Natürlich!» sagt Anschi und fügt hinzu: «Wir kennen ihn jahrelang!» Mit Befriedigung stellt sie fest, daß sie Ortwin nachdenklich gemacht hat. Ihre Idee scheint brauchbar. Nun fängt Anschi an, sie auszuspinnen. «Er heißt Aristoteles», sagt sie, «meistens kommt er mittwochs.»

«Wohin?»

«Zu Carla ... und mir. Dienstags geht es nicht, dienstags kommt ja Viktor!» fügt sie noch hinzu. Sie macht eine Pause. Ortwin hat den Kopf aufgestützt und schaut sie mit einem Ausdruck von Unglauben, Verblüffung und auch ein bißchen Ärger an. Da kommt Aristoteles aus der Küche, ein schlanker junger Mann in Jeans und weißem Leinenhemd mit schwarzen Locken und dunklen Augen, die Anschi anlächeln. Er trägt ihre beiden Essensportionen zwischen den anderen Tischen hindurch zu ihnen. Kurz bevor er ihren Tisch erreicht, bemerkt Anschi noch schnell: «Und freitags kommst du!»

«Freitags komm ich!» Ortwins Stimme klingt komisch, und

Anschi spürt ein ungewöhnliches Vergnügen beim Lügen! In bester Laune macht sie sich über ihr Essen her und entwickelt trotz der vielen Kekse in ihrem Bauch einen guten Appetit. Sie wartet darauf, daß Ortwin etwas sagt oder fragt, damit sie ihm noch mehr Geschichten von allen möglichen Aristoteles', Viktors, Bernhards, Peters oder Ulis erzählen kann, die Carla jeden Tag besuchen und die ganze Wohnung bevölkern, so daß für Ortwin kein Platz mehr ist. Aber Ortwin hat es die Sprache verschlagen, er sitzt schweigend vor seinem Teller, spießt mit der Gabel ein Stück Fleisch auf und läßt es gleich wieder herunterfallen.

Nachdem sie eine Zeitlang still mit ihrem Essen beschäftigt waren, fängt Ortwin doch an zu reden, aber nicht über Carla, sondern über seinen Beruf. Er arbeitet in einem Jugendhaus auf dem Land. «Wir richten uns gerade ein», sagt er, «das Haus ist über hundert Jahre alt und muß instandgesetzt werden.»

«Und wer wohnt drin?» fragt Anschi neugierig.

«Ich», sagt Ortwin, «Jens, Torsten, Annelie, Hannes, Sigrid.» Er beschreibt Anschi das Haus, es ist ein langgestreckter Fachwerkbau mit vielen kleinen Fenstern. Drinnen haben sie noch alte Möbel, Tische, Stühle gefunden und auf dem Hof landwirtschaftliche Geräte, die heute niemand mehr braucht, weil sie unmodern sind.

«Du kannst uns besuchen, wenn wir fertig sind mit Renovieren und Einrichten», schlägt Ortwin vor, als sei dies das Selbstverständlichste auf der Welt. Anschi will wissen, warum Annelie, Sigrid und die anderen nicht bei ihren Eltern wohnen. «Sie sind zu Hause rausgeflogen. Ihre Eltern verstehen sich nicht mit ihnen, und sie verstehen sich nicht mit ihren Eltern.»

«Und das ist 'ne Arbeit?» fragt Anschi. «Dafür kriegst du Geld?»

Ortwin nickt. «Nicht nur fürs Wohnen.» Er muß den Jugendlichen auch bei der Suche nach einer Lehrstelle helfen oder eine Schule ausfindig machen, wo sie weiterlernen können. «Die meisten haben keinen Hauptschulabschluß.»

Zu sechst in einem eigenen Haus zu wohnen muß Spaß bringen. Ortwin kann kein so unangenehmer Mensch sein, wenn fünf Leute mit ihm zusammenleben wollen. Anschi mustert ihn mit einem verstohlenen Blick. Er wirkt nicht so elegant wie Aristoteles, eher ein wenig abgerissen, so wie Hartwig. Sein schwarzes T-Shirt ist alt und abgetragen. Das einzig Auffällige an Ortwin ist ein kleiner silberner Ring, den er im linken Ohrläppchen trägt. Wie komisch! Ohne Carla ist Ortwin gar nicht mehr so häßlich! Als Anschi jedoch anfängt, ihn nett zu finden, kriegt sie ein schlechtes Gewissen, denn sie hat ihn ja gerade angelogen. Aber nun kann sie nichts mehr daran ändern.

Das Essen schmeckt ihr plötzlich nicht mehr. Es war dumm, nach den vielen Schokoladenplätzchen noch eine ganze Mahlzeit zu bestellen. Ortwin dagegen hat beim Erzählen Appetit entwickelt. Während er Anschi mit Begeisterung die Werkstatt schildert, die sie im Jugendhaus einrichten wollen, schiebt er mit seiner Gabel Fleisch, Gemüse und Reis in den Mund und hat in kurzer Zeit seinen Teller geleert.

Zum Abräumen des Geschirrs kommt Aristoteles' Schwester Irene zu ihnen an den Tisch. Darüber freut Ortwin sich außerordentlich, denn er schenkt Irene, die ebenso schwarzhaarig und schlank wie Aristoteles und mit ihren großen Augen noch schöner ist als ihr Bruder, einen bewundernden Blick.

Verdammt! Mit ihrer Lügerei hat Anschi erreicht, daß Ortwin böse auf Carla ist. Jetzt nimmt er Rache und will sich in Irene verlieben. Anschi kennt es von Arnold, wie schnell er sich in eine Frau und in die nächste verliebt. Sie muß sich sofort etwas ausdenken, das Ortwin von Irene fernhält.

«Irene ist Aristoteles' Schwester», sagt sie. Das ist keine Lüge. Doch dann fügt sie hinzu: «Sie ist verheiratet.»

Leider schreckt Ortwin auch vor einer verheirateten Irene nicht zurück. «Sie gefällt mir», erklärt er, «vielleicht treffe ich sie mal bei euch zu Hause, wenn sie mit ihrem Bruder zusammen zu Besuch kommt!»

Es wird immer gefährlicher! Ortwin erzählt bestimmt Carla von Aristoteles und Irene und fragt, wann sie eingeladen werden. Dann kommt Anschis Lügengeschichte heraus! Unter allen Umständen muß sie so was Peinliches verhindern. Alle möglichen Einfälle schwirren ihr durch den Kopf, aber keiner scheint ihr geeignet abzuwehren, was sie sich eingebrockt hat. Los! befiehlt sie sich selbst. Nun mach schon! Nervös greift sie nach dem schmalen Glas, in dem viele Zahnstocher wie kleine Speere dicht aneinandergedrängt aufrecht stehen. Vorsichtig läßt sie den Zeigefinger über die Spitzen gleiten, faßt nach einem Hölzchen, zieht es aus der Menge heraus und sagt mit einem durchdringenden Blick zu Ortwin: «Irenes Mann ist teuflisch eifersüchtig!»

«Wirklich?» fragt Ortwin überrascht.

Er beobachtet, wie Anschi den Zahnstocher wieder zwischen die anderen ins Glas zurücksteckt. Damit ihm aber angst und bange wird, beugt sie sich zu ihm und flüstert: «Er hat in Griechenland einen Schafhirten ermordet!»

Erschrocken fällt Ortwin in seinen Stuhl zurück.

«Aus Eifersucht?»

Anschi nickt. Sie will gar nicht so viel lügen, aber die Geschichte ist so spannend, daß sie immer weiter machen muß. «Es geschah auf dem Markt.» Den Markt kann Anschi sich gut vorstellen, obwohl sie noch nie in Griechenland gewesen ist.

«Der Schafhirte war ein hübscher Mann mit langen blonden Locken. Er trug eine Felljacke und weiche Lederschuhe.»

Ortwin hört ihrer Erzählung gebannt zu.

«Und an einer Leine zog er ein Schaf hinter sich her, das er auf dem Markt verkaufen wollte.»

«Und Irene?» fragt Ortwin.

«Die war auch auf dem Markt, um Knoblauch zu kaufen», sagt Anschi schnell. Knoblauch paßt zu ihrem Bericht aus Griechenland, da ist sie ganz sicher.

«Wie geht es weiter?»

«Das Schaf war auch hübsch mit langen Locken. Es gefiel

Irene. Sie blieb bei dem Hirten stehen, sprach mit ihm, kniete sich hin und streichelte das Schaf.»

«Weiter nichts?» fragt Ortwin.

«Ihr Mann hat die beiden beobachtet!»

Deutlich sieht Anschi den leidenschaftlichen, wütenden Ehemann Irenes vor sich, der rasend vor Eifersucht auf den Schafhirten losstürzt.

«Er geriet außer sich, hat sein Messer gezogen und den Schafhirten erstochen.»

«Durch die Felljacke?» fragt Ortwin.

Einen Moment zögert Anschi.

«Er trug sie offen», sagt sie und ist davon überzeugt, daß Ortwin bei einem solchen Ehemann die Lust verliert, Irene jemals wiederzutreffen.

Sie können nicht länger bei Kostas zusammensitzen. Ortwin muß zu seinem Jugendhaus zurück, trägt Anschi Grüße an Carla auf und will in den nächsten Tagen anrufen.

Vor dem Restaurant trennen sie sich.

«Bis bald!» sagt Ortwin und entfernt sich mit raschen Schritten von Anschi, die ihm nachschaut, bis er an der Kreuzung die Straße überquert und im Meer der parkenden Autos untergeht.

So gemein wie heute hat Anschi noch niemals gelogen. Ob Ortwin von den Larsens nun genug hat oder ob er wirklich noch mal anruft?

Sie stellt sich auf die Zehenspitzen und späht die Straße hinunter, um Maulwurf mit seinem Stand zu entdecken.

Er arbeitet heute nicht. Auch gut! denkt Anschi. Besser so! Denn die Geschichte, die sie sich eben geleistet hat, ist so ungeheuerlich, daß sie nicht einmal Maulwurf davon erzählen kann.

Anschi hat ihre Tage

Anschi weiß von Carla, was ‹die Tage› sind, ‹die Regel›, in der Schule in Bio hat sie gelernt, daß diese Zeit ‹Menstruation› genannt wird und nur Frauen betrifft. Jetzt erlebt sie ‹die Tage› und merkt, daß sie gar nichts weiß.

Mitten im spannendsten Moment des Kriminalfilms, den Anschi Freitagabend vor dem Fernseher verfolgt, passiert es. Der Mörder wird von der Polizei gejagt, hat einen Kanaldeckel hochgehoben und ist in die Abwasser-Anlage unter den Straßen geflüchtet. Schon sind ihm die Polizisten auf der Spur. Er kriecht auf allen vieren in der dunklen Kanalisation einen besonders schmalen Gang neben der stinkenden Brühe entlang, die in Rinnen unter Plätschern und Gluckern schneller als er vorankommt. An der Stelle, wo der Schlaueste unter den Polizisten ihm dicht auf den Fersen ist und nur noch wenige Meter heranschleichen muß, um ihn zu packen, fühlt Anschi etwas Warmes, Nasses zwischen den Oberschenkeln. Sie schiebt ihr langes T-Shirt hoch und sieht, daß die Haut an den Beinen vom Blut, das aus ihrem Bauch kommt, rotgefärbt ist. Also hat sie ihre Tage bekommen.

Wenn sie dringend gebraucht wird, ist Carla wieder mal unterwegs, anstatt zu Hause. Anschi muß mit der Überraschung allein fertig werden. Aus die Glotze! Der Krimi hat seine Spannung verloren. Was Anschi geschieht, ist viel interessanter. Leicht schwankend geht sie wie eine, die nach langer Krankheit die ersten Schritte außerhalb des Bettes wagt, ins Badezimmer, um sich was zu suchen, das sie in ihren Slip legen kann, damit das Blut nicht weiter einfach so aus ihr rausläuft. Von Carla sind noch Packungen mit Watteeinlagen im Hängeschrank. Nachdem Anschi eine der Binden herausgenommen und sie sich in den Slip gelegt hat, empfindet sie ein komisches, neues Gefühl in sich und um sich, fremd und aufregend. Es kommt nicht nur aus der Mitte ihres Körpers, wo sie es oft gefühlt hat, wenn sie fröhlich oder traurig war, sondern es umfaßt und bewegt sie ganz und gar und besonders im Bauch. Sie heult ein bißchen und muß unbedingt mit einem Menschen reden. Mit Maulwurf, denkt sie, nein, mit Maulwurf nicht, in diesem besonderen Fall hat sie zu Maulwurf kein Vertrauen, aber zu Birte. Am Telefon wählt sie mit zitternden Fingern Birtes Nummer. Birte *muß* so spät am Abend zu Hause sein und *muß* ans Telefon kommen, auch wenn sie schon eingeschlafen ist und geweckt werden muß.

«Auberg!» meldet sich Birtes Mutter. So ein Mist!

«Hier ist Anschi.»

«Birte schläft schon!»

Kleine Pause. Dann nimmt Anschi ihren Mut zusammen. «Ich muß bitte Birte jetzt sofort sprechen!» sagt sie mit solcher Dringlichkeit in ihrer Stimme, daß die Mutter nicht anders kann, als Birte aus dem Bett zu holen.

Anschi muß sich eine Weile gedulden. Diese Weile zieht sich so in die Länge, wie ein Kaugummi von Anschis zu Birtes Wohnung.

«Knack!» macht es im Telefonhörer, und Birte ist dran. Sie stöhnt ihre ganze Müdigkeit zu Anschi hinüber: «Ääiiiiih? Wer is'n da?»

«Ich hab meine Tage!»

«Waaas?»

Kann Birte nicht richtig zuhören, wenn Anschi ihr eine Sensation mitzuteilen hat?!

«Ich hab meine Taage!!»

«Ach so», antwortet Birte. Sie hat ihre Tage schon seit einem halben Jahr.

«Grad eben!» sagt Anschi.

Nun wird Birte doch wach. «Ist Carla nicht da?»

«Nein», sagt Anschi kläglich.

«Ist ja keine Krankheit! Hast du Binden?»

«Hab ich», sagt Anschi. Das laute Gähnen am anderen Ende

der Leitung bedeutet, daß Birte sich ins warme Bett zurücksehnt. «Ein tolles Gefühl, was?» fragt sie zum Schluß.

«Ja», antwortet Anschi zögernd und legt langsam den Hörer auf. Sie bleibt einige Sekunden lang beim Telefon stehen, dann wendet sie sich zum Spiegel und betrachtet sich. Kein großer Unterschied zu ihrem Aussehen von heute morgen. Vielleicht ist ihr Gesicht ein wenig blasser als sonst.

Ich bin eine Frau, denkt sie, fühlt sie. Birte hat recht, es ist ein tolles Gefühl.

Am nächsten Tag in der Schule bildet Anschi sich ein, alle sehen es ihr an. Aber das stimmt nicht. Im Gegenteil. Die Jungen-Clique veranstaltet in der Pause eine Rauferei. Anschi gerät dazwischen, wird gestoßen und prallt gegen die Heizung. «Seid ihr verrückt geworden!» schreit sie die Jungen an, und die gucken blöde. Noch niemals hat Anschi gejammert, wenn sie beim Toben geknufft oder geschubst wurde. Was ist denn mit *der* los? fragen sich die Jungen. Sie können nichts wissen. Nur mit Birte kann Anschi sich aussprechen und von ihr erfahren, wie es ihr beim erstenmal ergangen ist. Es ist wunderbar, mit Birte von Frau zu Frau zu reden. Und die Jungen? «Die kannst du vergessen!» sagt Birte hochnäsig. «Die haben nun wirklich keine Ahnung, die sind bloß albern und weiter nichts!»

Und Lasse? denkt Anschi. Sie wünscht sich, daß Lasse anders wäre als die übrigen Jungen. Mit ihm müßte sie auch über so was reden können.

«Und Frau Becker?»

«Die ist Deutschlehrerin», sagt Birte.

Was für ein Glück, daß Anschi eine Freundin wie Birte hat.

Ortwin nutzt seinen Vorteil nicht aus

Es dauert ein paar Wochen, bis Anschi und Ortwin sich wieder begegnen. Ortwin arbeitet viel im Jugendhaus, und Carla fährt mehrmals zu Außenaufnahmen für einen Fernsehfilm in eine Kleinstadt. Am nächsten Sonnabend feiern sie das Schulfest, deshalb dreht sich jeden Tag alles nur noch um das Theaterstück. Auch heute kommt Anschi erst am frühen Abend von der Probe nach Hause. Sie hat noch keine Schularbeiten gemacht. Nach der letzten Fünf in Englisch muß sie sich in der Schule anstrengen, sonst wird sie im August nicht in die Siebente versetzt.

Als Anschi an der Wohnungstür klingelt, freut sie sich schon auf den italienischen Salat, den Carla ihr zum Abendbrot versprochen hat.

«Hey, Carla!» sagt sie zur Begrüßung. «Hey, Ortwin!» fügt sie hinzu, als sie sieht, daß sie sich geirrt hat: Er ist also doch wiedergekommen!

«Na?» fragt Ortwin freundlich. Anschi trödelt an ihm vorbei in ihr Zimmer, wirft ihr Rollenbuch aufs Bett und läßt sich in die Kissen fallen. «Uff!» Es war eine harte Probe. Und nun noch Schularbeiten! Und nun noch Ortwin!

Am Schreibtisch vor dem Geographieheft kann sie sich nicht darauf konzentrieren, die afrikanischen Staaten in ihrer Zeichnung mit den richtigen Namen zu beschriften, sondern verwandelt sich in eine Maus, die leise in Carlas Zimmer trippelt, sich in einer Ecke unter dem Sessel verkriecht, lauscht und erfährt, wie Ortwin fragt, warum Carla sich mehrere Liebhaber hält. Carla fällt aus allen Wolken und streitet es ab. Daraufhin wird Ortwin wütend und schreit rum.

Vielleicht aber ärgert Ortwin auch Carla und erzählt ihr von Irene, die er schön findet, und er bittet Carla, sie soll Irene einladen, damit er Irene küssen kann, und sie kann den Aristoteles küssen. Nun wird Carla wütend und schreit rum.

So sehr Anschi ihre Ohren spitzt und in den Flur hinaushorcht, sie vernimmt keinen Laut. Wie schrecklich ist es, etwas angestellt zu haben und darauf zu warten, daß es herauskommt!

Aber Anschi kann nicht herumsitzen und warten, sie muß Algerien und Marokko eintragen, die Flüsse der Länder und die Hauptstädte. Immer wieder unterbricht sie ihre Arbeit, um zu lauschen. Schließlich hört sie Carla und Ortwin im Flur, in der Küche. Wenn sie sich bis jetzt noch nicht gestritten haben, passiert es bestimmt in der Küche beim Abendbrot. Auf dieses Ereignis möchte Anschi verzichten. Sie könnte weggehen und bei Birte unterschlüpfen. Doch dann würde der Krach nur auf später verschoben.

Wie weit erstreckt sich die Wüste Sahara, in der nur wenige Pflanzen gedeihen und Menschen in der Nähe von Wasserstellen leben! Könnte Anschi hexen, würde sie sich in der Sahara verstecken. Besser Hitze, Hunger und Durst zu ertragen, als sich zu blamieren!

Eben erreicht Anschi Südafrika und notiert Pretoria in ihrer Zeichnung, da ruft Carla sie zum Abendbrot.

Seufzend schiebt sie ihren Stuhl zurück, schaut noch einmal auf ihre Zeichnung, verweilt in Afrika, leider nur auf dem Papier, dann trottet sie in die Küche.

Ortwin sitzt auf demselben Stuhl wie neulich Lasse, Carla ihm gegenüber, Anschi nimmt an der Außenseite des Tisches Platz. Ein kurzer Blick über die Salatschüssel zu Carla und Ortwin. Nichts in ihren Gesichtern deutet daraufhin, daß sie ärgerlich sind. Da fängt Anschi an zu hoffen, daß Ortwin die Geschichte vergessen hat oder daß es ihm egal ist, wenn Carla hundert Liebhaber neben ihm hat. Sie häuft Salat auf ihren Teller, gießt sich Tee ein und hat ihre Tasse noch nicht gefüllt, als Ortwin loslegt: «Stell dir vor, deine Tochter und ich haben während deiner letzten Tournee beim Griechen gegessen!»

«Bei Kostas?» fragt Carla.

«Sie haben ausgezeichnetes Essen», sagt Ortwin.

Aus Anschis Tasse läuft der Tee über den Rand, Ortwin greift zu und hält die Kanne fest, damit Anschi die Flüssigkeit aus der überfüllten Tasse abschlürfen kann. In ängstlicher Spannung wartet sie darauf, daß Ortwin Aristoteles, Irene und ihren eifersüchtigen Mann ins Gespräch bringt. Statt dessen holt er sich eine Scheibe Vollkornbrot aus dem Korb, legt sie auf seinen Teller, nimmt das Messer in die Hand. Jetzt! denkt Anschi, jetzt muß er sich an den Mord erinnern! Ortwin steckt das Messer in die Butter. Der Schafhirte! Das Messer! Warum sagt Ortwin nichts? Er verteilt die Butter auf seinem Brot, hebt den Kopf, ihre Blicke treffen sich. Ein komischer Ausdruck in Ortwins Augen! Irritiert verfolgt Anschi, wie er das Messer fester am Griff packt und es heftig in die Brotscheibe sticht. Dabei grinst er sie unverschämt an, zieht das Messer aus dem Brot und läßt es ein zweites Mal mit voller Wucht hineinfahren.

«Was soll denn das bedeuten?» fragt Carla.

«Das ist ein Vollkornbrot-Mord!» antwortet er und grinst Anschi ein zweites Mal zu, diesmal verschwörerisch. Ein Stein fällt ihr vom Herzen, sie grinst zurück, dann fangen sie beide an zu prusten und zu lachen, lachen und lachen und können gar nicht damit aufhören, bis Carla meint, nun sei es genug mit den Albernheiten.

Ortwin verrät beim Abendbrot kein Wort von der Mordgeschichte. Nur über die Theateraufführung in der Schule reden sie noch miteinander, und Ortwin meint, er sei davon überzeugt, daß allein Anschis Phantasie ausreiche, um das Stück zum Erfolg zu führen.

Damit sie aber das Klassenziel erreicht, muß sie noch anderes außer Phantasie aufbringen. Deshalb sitzt sie am Abend lange über den Schularbeiten. Gegen elf kann sie nichts mehr denken. Die Zahlen und Buchstaben wirbeln in ihrem Kopf herum, halb benommen latscht sie durch den Flur zu Carlas Zimmer, um ‹Gute Nacht› zu sagen. Die Tür ist angelehnt, und als Anschi sich mit der Schulter dagegenlehnt, schwingt sie auf.

Im Licht der Tischlampe, im Sonnengelben, liegen Carla und Ortwin nackend in den Kissen auf dem Bett. Sie schmiegen sich nah aneinander, ihre Körper berühren sich, bewegen sich. Carla streicht mit ihrer Hand über Ortwins Rücken. So wie bei mir, denkt Anschi. Carla kann streicheln, daß es wohltut. Aber Ortwin streichelt auch Carla, gleitet mit seinen Lippen über ihren Hals und ihre Brüste. Sie lacht leise, hat es wohl gern, fühlt seine Arme gern, seine Hände. Anschi hält den Atem an, ihr Herz klopft, als die beiden sich immer näher zueinandertasten, während Carla sich damit immer weiter von ihr entfernt, als sie alle Trennung zwischen Frau und Mann, Mann und Frau aufheben und sich ganz und gar ineinanderfühlen.

Die beiden machen das, was in der Schule Sexualität genannt wird. Was Anschi miterlebt, erscheint ihr jedoch anders, wirklicher. Carla und Ortwin müssen sich liebhaben, wenn sie sich ohne Kleider so nahe zueinander trauen.

Leise zieht Anschi sich in den Flur zurück, huscht zum Spiegel und bleibt davor stehen. Der schmale Schein, der aus ihrem Zimmer fällt, erleuchtet den Flur mit einem gedämpften, matten Licht. Im Spiegel nimmt sie sich verschwommen, schattenhaft wahr. Ihr Gesicht wirkt zarter. Und ihr Körper? Sie schlüpft aus T-Shirt, Jeans und Slip.

Völlig ohne Kleider kennt sie sich noch nicht so gut. Unter ihren Freunden in der Schule ist es viel wichtiger, wie einer sich nach der Mode anzieht. Sie muß grinsen, als sie sich vorstellt, daß alle nackend in die Schule kämen. Dann müßte jeder ohne Mode schön sein. Sacht streicht sie über die Haut an ihrem Gesicht, läßt ihre Finger zum Hals gleiten und weiter über ihre Brust bis hinunter zu den Beinen. Die Haut fühlt sich warm und lebendig an. Ihre Finger gehen auf ihrem Körper auf Entdekkungsreise. Sich selbst zu entdecken, macht Spaß. Drinnen in Carlas Zimmer entdecken sich zwei. Aber Anschi hat genug mit sich selbst zu tun. Da gibt es viel Neues, seitdem sie eine Frau wird. Sie haucht einen Kuß auf die Spiegelscheibe, greift sich ihr

Zeug vom Fußboden und bewegt sich, mit dem Gesicht zum Spiegel, rückwärts durch den Flur, sieht sich immer undeutlicher, schließlich nur noch schattenhaft.

Maulwurf ist weg

Seitdem der Tag der Theateraufführung nah bevorsteht, hat Anschi sich Gedanken darüber gemacht, wer wohl von ihren Freunden und Bekannten am Sonnabend zum Zuschauen kommen wird. Carla und Ortwin natürlich, auch Arnold hat zugesagt und möchte Ulla mitbringen. Warum eigentlich nicht? Bei Anschi zu Hause gibt es kein Elternpaar so wie bei anderen Schülern ihrer Klasse, sondern zu ihr gehören zwei Frauen und zwei Männer, von denen Carla und Ortwin nicht miteinander verheiratet sind und Arnold und Ulla zwar heiraten wollen, aber das ist noch gar nicht sicher, weil sie sich schon wieder streiten und Arnold vielleicht bald 'ne Neue hat. Anschi ist nicht die einzige in der Schule mit solchem Familiendurcheinander, aber normal ist es nicht. Wenn so unterschiedliche Leute zur Aufführung kommen, kann auch Maulwurf dabeisein. Er kennt das Theaterstück aus ihren Erzählungen, ist begeistert und glaubt, es wird ein ganz großer Erfolg.

In den letzten Tagen hat Anschi vergeblich nach ihm Ausschau gehalten. Sein Platz auf der Hauptstraße ist verlassen, wenn sie morgens auf dem Schulweg vorbeikommt. So ein Faultier! Natürlich gönnt Anschi es ihm, daß er die Arbeit schwänzt. Aber er soll nicht vergessen, daß er zu ihrem Gutenmorgen vor der Schule gehört, und er soll sich mal klarmachen, daß er gerade jetzt an seinem Stand sein muß, wenn sie ihn zum Schulfest einladen will.

Am Montag vor der Aufführung macht sie sich früher als gewöhnlich auf den Weg zur Schule. Heute *muß* Maulwurf arbeiten, und er *muß* erfahren, daß er eingeladen ist. Als Anschi aus dem Haus läuft, sieht sie in ihrer Vorstellung Maulwurf ganz deutlich an seinem Stand, er schneidet mit seinem Taschenmesser das Band auf, mit dem die Zeitungen verschnürt sind, legt einen Stapel Frankfurter Rundschauen auf die rechte Tischseite und einen zweiten auf die linke. Dann zündet er sich eine Zigarette an.

Anschi hat die Sparkasse erreicht. Gleich, wenn sie um die Ecke biegt, wird Maulwurf mit allem, was zu ihm gehört, vor ihren Augen auftauchen! Er wird ihr zuwinken und hat sicher eine Neuigkeit aus der Presse erfahren, die er ihr berichten will. Sie verlangsamt ihre Schritte, fühlt ihr Herz schneller schlagen, es ist so wichtig für sie, daß Maulwurf da steht, wo er hingehört. Ein tiefer Atemzug, ein Anlauf, nun umrundet sie die Sparkasse. Die Straße hat sich nicht verändert. Autos fahren vorbei, Fußgänger haben es eilig, der Lieferwagen parkt vor dem Supermarkt, Gemüse wird ausgeladen, Kisten voller Blumenkohlköpfe.

Dennoch fehlt etwas. Anschi trabt am Supermarkt vorüber, an Maulwurfs Standplatz vorbei, fühlt eine große Stille, eine große Verlassenheit, guckt nicht nach rechts oder links, sondern zu Boden. Die Steinplatten des Fußweges sind noch immer die gleichen.

In der Schule geht alles schief. Anschi kriegt in der Bio-Arbeit eine Vierminus und braucht doch wegen der Versetzung eine Drei. Sie ist unaufmerksam im Unterricht, weil ihre Gedanken in der Stadt herumwandern und Maulwurf suchen. Möglich, daß er seinen Stand an einer anderen Stelle aufgeschlagen hat, wo mehr Leute vorbeikommen, so daß er ein besseres Geschäft macht. In Gedanken geht Anschi die Bus- und Untergrundbahn-Stationen durch, wo Maulwurf vielleicht mit seinen Zeitungen hingezogen sein könnte. Sie hat auch die Idee, daß er einen Haufen Geld im Lotto gewonnen hat und nun im heißen Sand an einem Südseestrand herumliegt. Aber es kommen ihr auch schreckliche Gedanken von Krankheit oder Tod. Nach der Schule geht sie den gleichen Weg zurück, den sie morgens hingegangen ist. Es kommt ihr vor, als sei die Hauptstraße häßlicher geworden, lauter, gedrängt voller Menschen mit verdrießlichen Mienen. Die meisten tragen Plastiktüten mit Lebensmitteln aus dem Supermarkt. Ihr Ärger rührt vielleicht daher, daß sie nicht wie sonst am Stand haltmachen und sich noch eine Zeitung mitnehmen können.

Am Dienstag denkt Anschi schon beim Aufstehen: Maulwurf ist weg. Sie hat einen wilden Traum geträumt von Maulwurf, der sich kilometerlange Gänge unter der Stadt gegraben hatte. In einem der Gänge war er verschwunden, und Anschi hatte ihn verfolgt. Aber jedesmal wenn sie kurz davorstand, ihn zu erreichen und festzuhalten, war er ihr wieder entwischt. Am Ende wurde die Jagd immer toller, Maulwurf wandte sich um, winkte ihr zu, schon hoffte sie, daß er seine Flucht aufgäbe. Plötzlich erschütterte ein gewaltiges Erdbeben Maulwurfs unterirdische Anlage, und mit einem höllischen Krach stürzte sie ein. Davon ist Anschi aufgewacht. Das Frühstück schmeckt ihr nicht. Sie trinkt einige Schlucke vom Tee, nimmt ihre Schulsachen und läuft los. Maulwurf ist nicht da! Maulwurf ist nicht da! redet sie sich ein in der Hoffnung auf eine angenehme Enttäuschung. An der Ecke bei der Sparkasse stellt sich heraus, daß sie vergeblich gehofft hat. Keine Spur von Maulwurf.

Sie rennt weiter die Straße hinunter, stoppt noch einmal, es könnte ja sein, daß Maulwurf in eben diesem Moment seinen Stand angeschleppt bringt. Er hat vielleicht die Zeit verschlafen. Ein Blick zurück. Enttäuschung.

Wie dumm sie doch ist, sich auf einen Typ wie Maulwurf zu verlassen! Es interessiert ihn überhaupt nicht, ob jemand auf ihn wartet!

Anschi ist böse auf Maulwurf. Sie wird morgen einen anderen

Schulweg nehmen, nein, sie wird mit dem Fahrrad fahren, dann spart sie Zeit. Mit der Trödelei in den Straßen ist es aus und vorbei. Schließlich braucht sie ihre Zeit dringend für das Theaterstück. Die Vorbereitungsgruppe trifft sich ab heute täglich um Viertel vor acht in der Schule. Jede Pause geht für die letzten Planungen drauf. Die Schauspieler dürfen sogar die Freistunde in dieser Woche, die Klassenlehrerstunde, zum Proben benutzen.

Noch einmal geht Anschi Wort für Wort ihre Rolle durch. Sie kennt den Text auswendig und kann auch die Texte der anderen Mitwirkenden hersagen. Durch die vielen Proben hat sich alles tief in ihrem Gedächtnis eingegraben. Unterm Hersagen der Rollen des ersten Aktes entfernt sich Anschi weiter und weiter von Maulwurfs Standplatz, weiter und weiter von ihrer Wut, ihrer Trauer, ihrer Sorge. Die zweite Hälfte des Weges wird mit dem zweiten Akt und dem Anfang des dritten ausgefüllt.

Kurz vor der Schule kommt ein Fahrrad hinter ihr hergerast, überholt sie und bremst. Lasse springt ab. «Hallo, Anschi!» Er packt mit der rechten Hand die Lenkstange und schiebt das Rad neben sich her. Und dann legt er den linken Arm zur Begrüßung um Anschis Schultern, so wie er es manchmal bei Steff und Steff es bei ihm macht. Aber bei Anschi macht er es zum erstenmal, und er läßt auch gleich wieder los. Bei der Berührung ist ein heißes Gefühl von Lasse zu Anschi und von Anschi zu Lasse gesprungen, hat sie atemlos gemacht und ein Lächeln in ihre Gesichter gezaubert, das sie sich in einem Augenblick gegenseitig schenken.

«Maulwurf ist weg», sagt Anschi.

«*Wer*?»

Da fällt ihr ein, daß Lasse ja den Namen gar nicht kennt, den sie Berthold gegeben hat.

«Berthold ist weg», sagt sie, und Lasse spürt ihre Sorge. Er kann genausowenig wie sie wissen, wo Maulwurf abgeblieben ist, aber er bringt es fertig, ein paar Gedanken daran zu verschwenden, obwohl er selbst mit Maulwurf nichts zu tun hat.

«Wollen wir ihn suchen?» fragt er und meint, nach der Schule hätte er Zeit, Berthold könnte ja nicht *weit* weg sein mit seinem Stand. Suchen will Anschi nicht. Es ist Maulwurfs Sache, sich einfach davonzumachen, ohne ihr eine Nachricht zu hinterlassen.

«Nee», sagt sie, «er wird zurückkommen, wenn er Lust dazu hat.»

Aber sie freut sich darüber, daß Lasse Anteil nimmt. Er tut nicht nur so, sondern steht zu dem, was er sagt. Das erkennt Anschi auch daran, daß Lasse am gleichen Nachmittag noch mal auf Maulwurfs Verschwinden zu sprechen kommt.

Anschi und Lasse Große Liebe

Gegen eins ruft Lasse bei Anschi an und fragt, ob sie die Aufgaben in Englisch und Geschichte schon erledigt hat. «Du kannst mir die Ergebnisse diktieren», sagt sie.

Dazu ist Lasse bereit. Er geht seine Hefte holen, und als er Anschi die Aufgaben durchgesagt hat, kündigt er ihr an, er werde gegen zwei Uhr bei ihr vorbeischauen.

Um Viertel vor vier beginnt wie jeden Tag die Theaterprobe. Wenn Lasse pünktlich ist, haben sie eindreiviertel Stunde füreinander Zeit. Anschi freut sich auf Lasses Besuch. Sie sehen sich ja sonst nur in Gegenwart von anderen aus der Klasse. Nachdem sie sich heute morgen in dieser besonderen Art angelächelt haben, hat Anschi beim Gedanken an Lasse viele Male dieses Wärmegefühl gespürt, und es verstärkt sich nun noch und wiederholt sich in kürzeren Abständen, als sie auf ihn wartet. Dies Außergewöhnliche, das da in ihr vorgeht, ist Liebe, denkt sie, nein, fühlt sie. Wenn Lasse sie liebt, muß es ihm genauso gehen. Geht es ihm aber genauso, dann müßte er auch Lust auf Küssen und Anfassen haben. Anschi hat nichts dagegen, mit Lasse an der Wohnungstür ganz nah beieinander zu stehen, seinen roten Pullover mit dem grünen Nilpferd zu fühlen und zu riechen, so wie die Haut an seinem Gesicht. Sie hat auch nichts dagegen, mit ihm in ihrem Zimmer auf dem Bett rumzuliegen. Aber als Lasse um zwei wirklich in der Tür steht, ist es seltsam. Es gelingt ihnen nicht einmal, den Blick von heute morgen zu wiederholen.

Hoffentlich fängt er nicht wieder mit Mathe an, denkt Anschi. Das tut er zwar nicht, womit er aber anfängt, ist auch nicht viel besser. «Ist deine Mutter nicht zu Hause?» Was hat Carla mit Lasses und Anschis Liebesgeschichte zu tun?

«Carla ist dauernd unterwegs!»

«Prima, dann haben wir die ganze Wohnung für uns allein», meint Lasse vergnügt und steuert zur Küche. «Ich hab Cola mitgebracht!» Er zieht zwei Dosen Billig-Cola aus den Taschen seines Anoraks und stellt sie auf den Küchentisch. Ein Griff, ein Hebelzug, das Getränk zischt heraus. Anschi und Lasse schlürfen, was übersprudelt, grinsen sich an, und mit einemmal glückt ihnen doch das gewisse Lächeln. «Prost!» wünscht Lasse und läßt mit einem blechernen Ton seine Dose gegen ihre stoßen.

«Komm mit rüber in mein Zimmer!»

Auf dem Weg durch den Flur fragt Lasse, ob dieser Maulwurf wirklich verschwunden ist und warum er Maulwurf heißt. Er hat den Spitznamen also doch verstanden.

«*Ich* hab ihm den Namen gegeben», sagt Anschi.

Im Zimmer stellen sie ihre Dosen auf dem Teppich ab. Lasse wühlt den Plattenstapel durch, um sich Gruppen herauszusuchen, die seinen Sound spielen. Währenddessen erzählt Anschi ihm die Maulwurfsgeschichte und fügt hinzu: «Ich hab außer dir noch niemand verraten, wie ich ihn nenne.»

Lasse weiß, das ist eine Ehre für ihn. Ein wenig verlegen legt er ‹Dépêche Mode› auf und macht es sich dann auf dem Teppich gemütlich.

Solche Maulwurfstypen, meint er, tauchen genauso schnell wieder unter, wie sie aufgetaucht sind. So etwas Ähnliches hat Anschi sich auch schon gedacht, aber sie will es nicht wahrhaben. Lasse zieht seinen Anorak aus. Er sieht gut aus in seinem roten Pullover auf dem weißen Teppich, findet Anschi. Es fehlt nicht viel, um Lasse zu berühren, so dicht liegen sie nebeneinander, Anschi braucht nur den Arm auszustrecken. Warum denn nicht? Ob nun Lasse anfängt oder sie, ist schließlich egal.

Also fängt Anschi an, aber Lasse hat die gleiche Idee im gleichen Moment und fängt auch an. Es ist wahnsinnig aufregend, einander im Arm zu halten, einander so nahe zu sein, daß einer des anderen Atem spürt. Sie halten ganz still unter der Berührung und wollen nur so beieinander sein und Musik hören und nichts weiter. Lasses Pullover ist weich und an manchen Stellen zerfasert. Noch nie hat Anschi so viele Einzelheiten eines Stoffes mit ihren Fingern gefühlt. Auch an Lasse selbst entdeckt sie Kleinigkeiten, die sie bei Leuten gewöhnlich übersieht. Ganz genau erkennt sie die Farbe seines Haars, ein dunkles Braun mit blonden Strähnen, von denen eine besonders helle sich hinterm Ohr zu einer Welle legt. Sein Ohr ist eine kleine Muschel mit schmalen Rändern, Erhebungen und Windungen und einem samtig-zarten Läppchen, eine Muschel mit Schmutzschicht, Lasse hat keine Lust, seine Ohren zu waschen. Zu ihrem Vergnügen pustet Anschi ihm ins Ohr, daß es kitzelt.

Welche Wirkung! Lasse quietscht los, fährt hoch, greift an, reißt Anschi mit sich, sie rollen auf dem Teppich herum, balgen sich. Mal erwischt Lasse Anschi an einer kitzligen Körperstelle, mal drückt Anschi Lasse mit ihrer ganzen Kraft zu Boden, bis er sich losmacht und auf die Cola-Dosen fällt. Die Rauferei geht weiter, sie kreischen und toben, halten sich fest, lassen sich los, und in ihre Rangelei hinein ergießt sich die süße Flüssigkeit, die sie hatten trinken wollen. Als sie endlich außer Atem voneinander ablassen, haben sie den Teppich, ihre Kleidung und ihre Haare verrangelt und zerzaust.

«Du hast Cola-Flecken im Gesicht», sagt Lasse.

«Und du hast Cola in den Ohren!» lacht Anschi.

Sie geht in die Küche, um im Kühlschrank nachzusehen, ob sie etwas Trinkbares findet. Inzwischen bringt Lasse den Teppich wieder in Form, sammelt die Dosen ein und folgt dann Anschi.

Leider enthält der Kühlschrank nur noch Butter. Daraus können sie Kiensche kochen. Das sind Bonbons aus heißer Butter, Zucker und Haferflocken, mit denen man sich Zähne ziehen oder Zahnfüllungen herausbrechen kann. Am besten schmecken sie heiß aus der Pfanne. Anschi hält den Pfannenstiel in der rechten, eine Gabel in der linken Hand und achtet auf das Zerlaufen der Butter. Die Tüte mit Zucker und einen Eßlöffel voll Haferflocken hält Lasse bereit. Als Anschi «Los!» befiehlt, schüttet er langsam Zucker in die Pfanne, und Anschi rührt und rührt mit der Gabel. «Jetzt Haferflocken!» kommt der zweite Befehl. Da stoppt Lasse die Zuckerzufuhr und läßt Haferflocken in die Pfanne schneien. Nachdem das Ganze einige Minuten gebräunt worden ist, heben Lasse und Anschi kleine Häufchen der süßen Masse mit Löffeln aus der Pfanne und legen sie auf ein Stück Pergamentpapier.

«Hm!» grunzt Lasse, leckt sich mit der Zunge über die Lippen und probiert einen Bonbon. «Au!» schreit er, denn er hat sich die Zunge verbrannt. Aber das schadet nichts. Die Kiensche schmecken vortrefflich, und die ganze Küche duftet nach Süßigkeiten.

Um halb vier fahren sie zur Theaterprobe, Anschi voran, Richtung Hauptstraße. Sie kann es doch nicht lassen, Maulwurfs Standort zu überprüfen, und wieder ohne Erfolg. Wie gut, daß Lasse bei ihr ist. Mit ihm zusammen kann sie die Enttäuschung besser ertragen. Sie steigen von den Fahrrädern. «Hier», sagt Anschi, «genau hier hat er immer seinen Stand aufgebaut.» Sie zeigt auf vier Steinplatten des Gehweges, die ein großes Quadrat bilden. Lasse guckt verwirrt. Er kann nichts Besonderes an den Platten entdecken.

«An die rechte Seite hat er seine Tasche mit den Zeitungen gestellt und zuerst die Frankfurter Rundschau ausgepackt.»

Ganz deutlich sieht Anschi den Maulwurf vor sich. Er holt einen Packen der neuesten Ausgabe heraus.

«Einmal hab ich ihm geholfen», sagt sie, «und hab Geld bei ihm verdient.»

«Hat er 'ne Frau?» fragt Lasse.

«Nee.»

«Kinder?»

«Nee.»

«'n Freund?»

«Nee ... Doch! Mich!» sagt Anschi.

«Halt mal eben mein Rad!» bittet Lasse. Er macht einen großen Satz in Maulwurfs Quadrat, baut sich dort auf wie ein Sieger im Sechstagerennen bei der Preisverleihung und sagt: «Wie wär's, wenn du mich an seiner Stelle nimmst?!»

«Das geht nicht! Du bist anders als er.»

«Dann nimmst du mich eben anders als ihn!»

Nehmen! Was für ein dämlicher Ausdruck! Anschi hat Maulwurf nicht ‹genommen›, er ist ganz von selbst ihr Freund geworden. Aber weil Lasse es vorgeschlagen hat, will sie versuchen, ihn zu *nehmen*, macht zwei Schritte auf ihn zu, legt ihre Arme auf seine Schultern und verschränkt die Hände, so daß er von ihr umfangen ist, gleichzeitig krachen die beiden Fahrräder zu Boden. Unter dem Schreck drängen sich Lasse und Anschi dicht aneinander. Es ist ein wunderbares Gefühl, mit Lasse zusammenzustehen, mit ihrem Mund an seiner Wange entlangzustreicheln, und weil Anschi große Lust hat, fährt sie mit ihrer Zunge sacht über die zarte Haut mit den pelzigen Härchen an seinem Ohr. Sie merkt, wie Lasse bei der Berührung den Atem anhält.

«So eine Unverschämtheit!» schimpft eine Männerstimme. Die beiden fahren auseinander. Ein älterer Mann hat seine hochbepackte Einkaufstasche zu Boden gestellt und ist dabei, die Fahrräder aus dem Weg zu räumen, die den Fußweg versperren.

«Reg dich nicht auf!» sagt beschwichtigend die alte Frau, die, ebenfalls mit einer Einkaufstasche, hinter dem Mann herankommt. Anschi und Lasse stürzen hin und kümmern sich um ihre Räder. Mit mürrischer Miene und ärgerlich brummend geht der Mann weiter, die Frau verweilt noch, lächelt den Verliebten zu und sagt: «Ach, wenn sie ewig grünen bliebe, die schöne Zeit der jungen Liebe!» Sie nickt freundlich zum Abschied und folgt ihrem Mann.

«Was hat sie gesagt?» fragt Lasse.

«Was von grüner junger Liebe!» Anschi schwingt sich in den Sattel. «Vielleicht haben sie vor hundert Jahren, wenn sie verliebt waren, solche Sprüche zueinander gesagt.»

«Glaub ja nicht, daß ich mir so was für dich ausdenke!»

«Deine Liebesbriefe sind auch nicht viel besser!» stellt Anschi kritisch fest, saust los, und Lasse saust hinterher. «Wart's nur ab!» ruft er ihr zu, als er sie auf dem Fahrradweg überholt.

Erst abends, als Anschi von der Theaterprobe in ihr Zimmer zurückkommt, versteht sie, was Lasse gemeint hat.

Auf der blauen Rauhfasertapete, genau über ihrem Bett, prangt ein Donald Duck, der dreimal so groß ist wie ihr Clown. Er ist mit Ölkreide aufgemalt, seine Augen lachen, und sein Entenschnabel quakt in eine Sprechblase hinein:

Lampenfieber

Das Schulfest wird in jedem Jahr vor den großen Ferien und vor der Zeugnisverteilung gefeiert. Diejenigen, die nicht versetzt werden, erfahren schon vor dem Fest davon.

Frau Becker hat nach den Zeugniskonferenzen mit Carla telefoniert. Es steht nicht gut um Anschis Versetzung in Klasse sieben.

Mittwoch abend trifft Anschi beim Heimkommen Carla in ihrem Zimmer vor dem Spiegel beim Einstudieren ihrer neuen Rolle. Carla trägt ein schwarzes Seidenkleid mit weitschwingendem Rock, der aufrauscht oder sich in Falten legt, je nachdem, wie Carla sich bewegt. Sie spricht den Text und beobachtet dabei ihr Mienenspiel und ihre Bewegungen beim Gehen, Stehen, Sitzen.

«Hallo!» sagt sie mit ihrer gewöhnlichen Stimme und zwinkert Anschi im Spiegel zu.

In dem Seidenkleid sieht Carla aus wie eine Prinzessin. Sie spielt nun doch die Rolle der Martha in dem Theaterstück ‹Wer hat Angst vor Virginia Woolf?›, allerdings in einer norddeutschen Kleinstadt und nicht auf einer großen Bühne, aber sie hat sich die Rolle schon so lange gewünscht, und nun will sie bei der Aufführung das Beste geben, das sie kann. Anschi erlebt Carla jeden Tag mehrere Stunden lang beim Probieren, wie sie immer sagt, und merkt, daß das Schauspielen eine harte Arbeit ist. Eine Schauspielerin kann sich nicht einfach auf die Bühne stellen und ihren Text herunterleiern. Die Zuschauer würden sie auspfeifen, wütend das Theater verlassen und ihr Geld zurückverlangen. Deshalb gibt Carla sich Mühe, probiert und probiert ihre Szenen solange, bis sie mit jedem Wort und jeder Bewegung zufrieden ist.

Carla wirft sich in einen Sessel, schlägt die Beine übereinander und lacht laut und unangenehm. Dann fängt sie an zu singen und dirigiert mit der Hand dazu: «Wer hat Angst vor Virginia Woolf, Virginia Woolf, Virginia Woolf, wer hat Angst vor Virginia Woolf ...»

Carla ist nicht mehr Carla, sondern eine andere Frau. Sie sieht anders aus, spricht anders und bewegt sich anders. Anschi hat ihre Mutter schon in vielen Rollen im Fernsehen oder auf der Bühne gesehen. Sie bewundert Carlas Kunst, im Nu ein anderer Mensch zu werden. Genausoschnell kann sie sich aber wieder in die wirkliche Carla zurückverwandeln.

«Schluß für heute!» sagt sie und fragt: «Wann habt ihr Generalprobe?»

«Morgen!»

Auf der Generalprobe wird sich herausstellen, ob Anschi und ihre Freunde genug probiert haben, um das Stück auf dem Schulfest vorführen zu können.

«Bei der Generalprobe geht alles daneben!» prophezeit Carla. Als Anschi sie erschrocken anschaut, sagt sie: «Bei der Generalprobe *muß* alles fehlschlagen, damit die Premiere ein Erfolg wird.» Das mag Anschi nicht glauben. Wie kann die Aufführung ein Erfolg werden, wenn zwei Tage zuvor die Schauspieler ihre Texte vergessen haben, wenn einige mit gebrochenem Bein oder Lungenentzündung im Krankenhaus liegen, wenn die Kostüme nicht fertiggenäht sind, wenn Steff, der Hauptdarsteller, keine Lust mehr hat mitzumachen ...??

«Du kannst dich darauf verlassen!» versichert Carla. «Auf der Generalprobe herrscht das größte Durcheinander, aber bei der Aufführung ergibt sich alles wie von selbst.»

Anschis Versetzung in Klasse sieben ergibt sich nicht von selbst. Beim Abendbrot in der Küche sitzen Mutter und Tochter sich bedrückt am Tisch gegenüber. Es schadet nicht, wenn Anschi eine Klasse wiederholt, meint Carla. Aber Anschi will mit Birte, Steff, Lasse und den anderen zusammenbleiben.

«Vielleicht gibt Hartwig mir noch 'ne Vier in Mathe!» hofft

sie. Zum erstenmal seit vielen Jahren macht ihr die Schule Spaß, weil sie ein Theaterstück schreiben konnte, das nun aufgeführt wird. Doch mit Theaterspielen ist es in der Schule ja nicht getan. Sie muß auch noch in Geographie, Biologie, Mathematik, Geschichte, Physik, Chemie, Englisch, Deutsch, Sport, Musik, Kunst etwas können. Carla tunkt einen Waffelkeks in ihren Kakao, beißt ein Stück ab und schiebt sich dazu eine Orangenscheibe in den Mund.

«Ich nehme mir zu wenig Zeit für dich und deine Schule!»

«Mach dir keine Sorgen», beruhigt Anschi sie, «schließlich verstehst du gar nichts von Mathematik!»

Carla nickt mit schuldbewußter Miene, legt ihren Kopf zwischen die aufgestützten Arme und grübelt über einen Ausweg nach. Auch Anschi macht sich Gedanken, aber nicht lange über Mathe, Bio und Geschichte, sondern über den dritten Akt des Theaterstückes.

Steff, der Clown, kommt in eine Polizeiwache. Er will Kriminalkommissar werden. Die Beamten fragen ihn, ob er das Abitur gemacht habe.

«Wo macht man das Abitur?» fragt der Clown.

«In der Schule!»

In der Schule sei er gewesen, also habe er das Abitur.

Er solle es mal vorzeigen, fordern die Beamten.

Es sei kein Vorzeige-, sondern ein Clownsabitur, sagt Steff.

Die Beamten glauben ihm nicht. Sie fragen, wo er zur Schule gegangen sei und wie lange. Der Clown tänzelt herum, treibt seine Späße in der Polizeiwache. Er sei in der Gesamtschule am Obertor gewesen, einen Tag lang.

Nun werden die Beamten böse. Sie fühlen sich an der Nase herumgeführt. Es gibt noch eine Menge Verwicklungen und vor allem Frechheiten, die der Clown sich erlaubt, bis die Polizisten ihn hinauswerfen.

Ein Spaßmacher hat nichts in der Familie Brodersen zu suchen, nichts in der Schule und vor allem nichts bei der Polizei. Er bringt das normale Leben durcheinander.

«Was würdest du tun, wenn jetzt ein Clown in unsere Küche käme?» fragt Anschi.

Carla guckt verdutzt. «Es *kommt* keiner!»

«Du sollst es dir ja auch nur vorstellen!»

«Ich zerbreche mir gerade den Kopf über deine Versetzung!»

«Ach ja» sagt Anschi, «wenn hier jetzt ein Clown reinkäme und ...»

In Wirklichkeit kommt keiner, in Wirklichkeit kommt auch Maulwurf nicht wieder. Vielleicht bleibt Anschi in Wirklichkeit sogar sitzen und kann nicht mit Birte in die siebente Klasse gehen. Hartwig hat Anschis Mathezensur noch nicht festgelegt. Er ist die kleine Hoffnung, an der Anschi sich hochziehen kann. Morgen oder übermorgen wird es sich entscheiden, und danach kommt der Tag der Aufführung.

«Ungarische Salami!» Carla legt ein Brot mit Butter, einem Salatblatt und zwei Scheiben von der köstlichen Wurst auf Anschis Teller.

«Ich kann nichts essen, mir ist schlecht!» sagt Anschi jämmerlich.

«Ich kann Hartwig anrufen», sagt Carla, «er ist ein netter Lehrer und hilft dir vielleicht.»

«Nein! Auf gar keinen Fall!» Ihre Mutter soll sich nicht in ihre Schulangelegenheiten einmischen, und Vorteile will Anschi sich auch nicht verschaffen. Hartwig zensiert gerecht. Wenn er ihr 'ne Fünf verpaßt, ist es in Ordnung. Gegen zehn ruft Lasse an. Er kann morgen nicht zur Probe kommen, liegt mit Fieber im Bett. Halsentzündung.

«O nein! Nicht auch noch *das*!» stöhnt Anschi.

Keine Sorge! Am Sonnabend käme er in die Schule, notfalls auf Krücken! verspricht Lasse mit heiserer Flüsterstimme.

«Gute Besserung!»

Gleich nachdem Anschi den Hörer aufgelegt hat, wählt sie Birtes Nummer.

«Hast du 'ne Halsentzündung?» fragt sie, als Birte an den Apparat gekommen ist. Die wird fuchsteufelswild.

«Spinnst du??? Morgen ist Generalprobe!»

Sofort erfährt sie, daß Lasse krank ist, und will es gar nicht glauben. Krankheiten haben sie nicht mit eingeplant. Es gibt keinen Ersatz-Schauspieler für Lasse. Morgen, auf der Generalprobe, wird Birte Lasses Text vom Blatt ablesen.

«Und Sonnabend steht Lasse auf der Bühne, darauf kannst du Gift nehmen!» sagt Birte. Hoffentlich hat sie recht.

«Hast du auch Lampenfieber?» fragt Anschi.

«Klar! Von einer Höllenlampe, die Hitze ist nicht auszuhalten!»

Nach dem Telefonat mit Birte ist Anschi ein wenig erleichtert. Aber zur Ruhe kommt sie nicht, am Donnerstag nicht und nicht am Freitag.

Eine komische Figur

Als Anschi am Sonnabend erwacht, braucht sie ihren Spruch nicht aufzusagen. Ein breiter, warmer Sonnenstrahl fällt durchs Fenster, malt einen hellen Streifen an die Stelle auf der Rauhfasertapete, wo der Clown hängt, und gibt den bunten Farben seines Anzugs einen leuchtenden Glanz. Der Clown kann in der Sonne faulenzen. Wie schön er heute aussieht!

«Übrigens bist du die Hauptperson in meinem Theaterstück!» sagt Anschi zu ihm. «Ich hoffe, du bist damit einverstanden, daß Steff deine Rolle spielt.»

Der Clown lacht. Natürlich gönnt er Steff den Spaß.

«Drück mir die Daumen, damit heute alles gutgeht!» bittet Anschi und springt aus dem Bett.

Sie beeilt sich mit dem Anziehen, denn die Theatergruppe trifft sich schon mittags in der Schule. Anschi verzichtet auf Frühstück, nimmt sich zwei Äpfel aus dem Obstkorb und macht sich auf den Weg. Vor der Haustür zögert sie. Geht sie nach rechts, um die Sparkasse herum, oder nach links?

Die Stadt sieht an diesem Tag freundlich aus, festlich. Ein leichter Sommerwind spielt warm um Anschis Gesicht. Kurzentschlossen wählt sie den Weg über die Hauptstraße, die sie in letzter Zeit gemieden hat. Sie weiß, daß sie Maulwurf nicht begegnen wird, doch die Straße ist ihr seinetwegen lieb geworden, und heute kann sie sich Zeit lassen, sie geht ja nicht zur Mathestunde in die Schule.

Als sie an Maulwurfs Standplatz vorbeigeht, hört sie in Gedanken seine Stimme: «Mußt du nicht zur Schule?!» Sie antwortet in Gedanken: «Ich geh nur ein paar Stunden hin und nur zum Theaterspielen.»

So ein Leben würde Maulwurf ganz bestimmt gefallen. Schade, daß er nicht dabeisein kann!

Auch die kleine Gasse hinter dem griechischen Restaurant will Anschi heute wiedersehen. Sie hat noch längst nicht alle Balkone in Ruhe betrachtet.

An Regentagen glänzen die Pflastersteine und zeigen sich in den verschiedensten Farben. Heute, im Sonnenschein, liegen sie rund, warm, behaglich aneinandergeschmiegt und verlocken dazu, die Schuhe auszuziehen und sich mit bloßen Füßen von Stein zu Stein zu fühlen. Anschi streift Turnschuhe und Strümpfe von den Füßen, nimmt das Zeug in die Hand, und die Wärme der Steine breitet sich über ihre Fußsohlen aus, läßt erst Anschis Füße und dann die ganze Anschi den Sommer spüren. Zum Sommer paßt der Balkon mit den Sonnenblumen, die ein Handwerker vor langer Zeit mit Blüten und Blättern kunstvoll in das Balkongitter geschmiedet hat. Die Leute, denen der Balkon gehört, haben in großen Töpfen echte Sonnenblumen gezüchtet, die sich mit dicken Stengeln und großen grünen Blättern gegen das schwarzlackierte Eisen lehnen und mit ihren gelben Köpfen zu Anschi herunternicken. Sie bleibt ein paar Minuten lang stehen und fühlt sich wohl. Dieser Tag ist schön zum Theaterspielen.

Am Ende der Gasse zieht Anschi ihre Schuhe wieder an. Sie ist guter Stimmung, um zur Schule zu gehen und ihre Freunde zu treffen.

Großer Trubel in der Pausenhalle, im Treppenhaus, in den Klassen, wo Schüler Fotos, Zeichnungen und andere Kunstwerke an den Wänden aufhängen, Lautsprecherboxen und Mikrofone für die Musikgruppen herrichten, Stände mit Essen und Getränken vorbereiten und in einigen Räumen Cafés und Teestuben einrichten. Anschi drängt sich durch das Gewühle und eilt nach oben in die Aula. Hier sind die Bühnenbauer schon an der Arbeit.

«Herrlich!» ruft sie und bewundert die Pappwände im Hintergrund der Bühne, auf die die Kunstschüler große bunte Clownsfiguren gemalt haben. Auch das Wohnzimmer der Familie Brodersen, wo der erste Akt spielt, ist schon fertiggestellt. Eine gute Bühnenausstattung! Nun sind die Schauspieler an der Reihe, ihr Talent zu zeigen. Wenn sie nur alle rechtzeitig kommen! Wo steckt Lasse?

«In drei Tagen wird kein Mensch eine Halsentzündung los!» unkt Steff, der in seinem roten Clownskostüm mit weißen Punkten und einer weißen Halskrause umherstolziert. Wenn Lasse fehlt, sitzen sie in der Tinte.

«Er kommt!» schreit Birte von der Bühne herunter. «Er hat es versprochen!»

Die Familie Brodersen, ohne Lasse, den Großvater, versammelt sich um den Tisch: Birte, die Mutter, trägt einen langen, bunten, indischen Frauenrock mit Fransen, dazu eine weiße Baumwollbluse. Sie hat ihr Haar zu kleinen Löckchen frisiert. Anschi als Tina braucht sich nicht zu verkleiden, sie kann ihre Jeans und ihr blaues T-Shirt tragen. Steff, der Clown, hockt sich mit hochgezogenen Beinen auf seine Kiste. Er muß zu Beginn des Stückes reglos wie eine Puppe sitzen und darf erst in dem Augenblick lebendig werden, wenn der Großvater seine Pfeife hervorholt, um sie mit Tabak zu stopfen. Birte ist fest davon überzeugt, daß Lasse die Freunde nicht im Stich läßt.

Sie haben etwa drei Stunden Zeit bis zum Beginn der Vorstellung, drei aufregende Stunden, denn das Lampenfieber stellt sich wieder ein und steigert sich, je weiter die Zeiger der großen Schuluhr vorrücken.

Für den zweiten Akt, der in der Schulklasse spielt, müssen sie noch Stühle besorgen, im dritten Akt brauchen sie einen langen Tresen für die Polizeiwache.

Nach einer Stunde ist Lasse noch nicht in der Aula eingetroffen, nach zwei Stunden bemerkt Birte kleinlaut, sie könnte sich möglicherweise in Lasse getäuscht haben. Steff verkündet, Lasse sei ins Krankenhaus eingeliefert worden! Niemand lacht über seinen Witz.

Zwanzig vor drei wird Anschi beauftragt, Lasse von der Telefonzelle aus anzurufen. Sie hastet die Treppe zum zweiten Stock hinunter und begegnet schon den ersten Zuschauern, die zur Aula hinaufströmen. Er kommt nicht! denkt sie, er kommt nicht! und ist verstört und traurig.

Maulwurf, alle, die einem lieb sind, gehen weg und kommen nicht wieder! Anschi mag die Schüler, Eltern und Lehrer, die ihr auf der Treppe begegnen, nicht angucken. Sie werden gleich erleben, daß der erste Akt des Theaterstückes ausfällt, und ohne den ersten Akt ist das ganze Stück nicht mehr viel wert.

Auf der vorletzten Treppenstufe stößt Anschi mit jemand zusammen, der am Krückstock heraufhumpelt. Er läßt den Stock fallen und nimmt Anschi in seine Arme. Sein blasses Gesicht wird von einem Rauschebart umrahmt, um den Hals trägt er einen dicken Schal, und seine Augen tränen von der Erkältung.

«Lasse!» sagt Anschi überwältigt und küßt ihn, obwohl sie sich bestimmt ansteckt und obwohl sie Lasses Lippen unter dem Rauschebart erst suchen muß. Lasse ist gekommen, wie er es versprochen hatte!

«Kannst du denn überhaupt spielen?» fragt sie besorgt.

«Aber klar doch!» krächzt Lasse, und seine Stimme klingt so dünn und zittrig wie bei einem alten Mann.

Mit großem Hallo werden sie in der Aula empfangen und von den Freunden umringt. Alle wollen wissen, wie es Lasse geht. Er tappt auf die Bühne hinter den Vorhang. Das Publikum ist schon zahlreich erschienen, höchste Zeit, sich für den ersten Auftritt bereitzuhalten.

Punkt drei geht der Vorhang hoch. Die Zuschauer klatschen. Birte kündigt das Theaterstück an. «Verehrtes Publikum!» sagt sie. «Ihr erlebt heute die Erstaufführung des Lustspiels von Anja Larsen ‹Eine komische Figur›.» Wieder wird Beifall gespendet, und dann beginnt der erste Akt.

Die Mutter auf der Bühne ruft: «Das Essen steht auf dem Tisch! Tina! Großvater!»

‹Großvater› ist das Stichwort für Anschis Auftritt. Mit klopfendem Herzen betritt sie die Bühne, zerrt Steff, den Clown, hinter sich her, schleppt ihn zur Kiste, hebt ihn hoch und setzt ihn zurecht, lehnt ihn gegen die Wand, legt ihm die schlaffen Arme in den Schoß. Es ist still im Saal, unheimlich still. Anschi fühlt sich von Hunderten von Augen beobachtet. Vor allen Leuten muß sie ihren Text sagen und darf nichts falsch machen.

Sie wendet sich zum Tisch. «Schon wieder Gulasch!» nörgelt sie, verzieht angewidert das Gesicht und läßt sich auf ihren Stuhl fallen. Nach den ersten Sätzen ist das Lampenfieber wie weggeblasen. Ob es Birte genauso geht?

«Wenn dir das Essen nicht schmeckt, dann koch dir doch selbst was!» schimpft die Mutter.

Steff sitzt wie eine Statue auf seiner Kiste. Das Publikum guckt zu ihm hin, neugierig, was seine unbewegliche Haltung bedeutet.

«Großvater ist wieder unpünktlich!» meckert die Mutter und füllt sich bunten, weichen Zuckerbonbon-Gulasch auf ihren Teller. «Hmmmm!» stöhnt neidisch das Publikum. Anschi möchte kichern, aber sie darf sich von den Zuschauern nicht ablenken lassen. Die Mutter nimmt ihre Gabel in die Hand und spießt ein Zuckerstückchen auf. «Willst du gar nichts essen?» fragt sie ihre Tochter Tina.

«Nur wenn der Clown mit am Tisch sitzen darf!» fordert das Mädchen.

«Kommt nicht in Frage! Er nimmt zuviel Platz weg!»

Verdrossen greift Tina mit der Hand in die Schüssel.

«Nun ist aber Schluß!» schreit die Mutter empört.

‹Schluß› ist Lasses Stichwort. Auf schwachen Beinen klappert er am Krückstock langsam auf die Bühne. Die Schüler im Saal empfangen ihn mit Gelächter, sie amüsieren sich köstlich über seine Maske. Lasse stakt über die Bühne und stellt sich vor dem Clown auf.

«Du bist ein ausgekochter Bursche!» sagt er mit heiserer, quietschender Stimme, starrt dem Clown tief in die Augen, und wieder erntet er Beifall. Steff hat alle Mühe, ernst zu bleiben. Er darf nur die Augen bewegen. So ist es im Rollenbuch vorgeschrieben. Der Großvater hebt seinen Krückstock, läßt ihn auf den Bühnenboden donnern, danach tapert er zum Tisch. Schwerfällig läßt er sich im Lehnstuhl nieder. Als die Mutter seinen Teller in die Hand nimmt, um ihm Gulasch aufzufüllen, krächzt er:

«Was soll das? Ich will nichts essen! Alles bleibt in meinem Bart hängen!»

Jetzt wird die Mutter böse. «Wozu brauchst du einen Bart! Er ist schon lange nicht mehr in Mode!»

Liebevoll streicht sich der Großvater über das graue Gewirr in seinem Gesicht. «Mein Bart ist meine Schönheit!»

Das Publikum kreischt vor Vergnügen. Anschi ist glücklich,

daß ihr Stück den Leuten gefällt. Der Großvater holt seinen Tabaksbeutel und die Pfeife heraus. Er nimmt Tabak und fängt an, die Blätter in den Pfeifenkopf zu stopfen. Das ist der Augenblick, in dem der Clown lebendig wird. Er schüttelt seine Glieder, bewegt Arme und Beine, seinen ganzen Körper.

Große Überraschung beim Publikum.

Die Mutter, die eben die Schüssel abräumen will, schreit entsetzt auf und läßt das Geschirr fallen. Nun tänzelt der Clown auf der Bühne herum, dreht sich, probiert Hüpfsprünge, hinter den Kulissen wird Musik dazu gemacht.

«Wußt ich's doch», brummelt der Großvater in seinen Bart, «der Kerl hat es faustdick hinter den Ohren!»

Nun fängt der Clown an zu sprechen. Er sei hungrig, möchte vom Gulasch naschen. Tina ist begeistert, der Großvater wiehert, aber die Mutter mag die komische Figur nicht leiden. Sie will es nicht dulden, daß der Clown es sich auf dem Fußboden gemütlich macht, die zwischen den Porzellanscherben herumliegenden süßen Stückchen aufsammelt und sie genüßlich verspeist. Unter dem Jubel des Publikums macht er allerlei Faxen, verdreht die Augen, zieht Grimassen, schmatzt beim Essen und grunzt zufrieden.

Anschi riskiert einen Blick in die Zuschauermenge, sucht die Sitzreihen mit den Augen ab und entdeckt Arnold und Ulla in der Mitte nahe dem Fenster.

Die Mutter nimmt einen Besen und will den Clown aus dem Zimmer fegen. «Laß ihn doch essen, den armen Teufel!» mischt sich der Großvater ein. Die letzten Worte kann Lasse nur noch flüstern. Seine Augen tränen, und auf seinem blassen Gesicht erscheinen rote Fieberflecken.

Noch zehn Minuten für den ersten Akt! Hoffentlich hält er durch! denkt Anschi. Gerade drängen Carla und Ortwin sich durch die Zuschauer bei der Eingangstür zum Saal. Sie suchen sich Stühle in der letzten Reihe und lassen sich leise auf ihren Plätzen nieder.

Es passieren noch einige Aufregungen in der Familie Brodersen, als der Clown die Porzellanscherben essen will und behauptet, sie schmeckten am besten.

Nach dem Ende des ersten Aktes will der Beifall des Publikums kein Ende nehmen. Alle sind bester Stimmung und neugierig darauf, wie das Stück weitergeht.

Die Freunde umarmen den kranken Lasse. Er muß schleunigst wieder ins Bett. Hartwig bietet sich an, ihn nach Hause zu fahren.

Theaterspielen ist das Schönste an der ganzen Schule! denkt Anschi in der Pause vor dem zweiten Akt, als sie das Wohnzimmer von der Bühne abräumen und die Schulklasse aufbauen. Zu ihrem Glück an diesem festlichen Tag fehlt ihr nur noch ein einziger Mensch.

Augenblicke

Das Theaterstück endet damit, daß der Clown von einem Augenblick zum anderen wieder zur Puppe erstarrt, unbeweglich dasitzt wie zu Anfang, und die Brodersens fragen sich, war er wirklich lebendig oder haben wir es uns nur eingebildet?

In der Teestube, wo die Acht a selbstgebackenen Kuchen und sechsundzwanzig Teesorten verkauft, hat Anschi sich zum Entspannen vom Theaterspiel und in Gedanken an Lasse mit einem Pappbecher voll Ostfriesentee an einen Ecktisch an der Wand zurückgezogen. Eine vielblättrige Topfpflanze, die vor dem Tisch aufgestellt ist, schirmt sie vor dem Gewimmel der Festbesucher ab. Die hungrigen und durstigen Gäste bewegen sich in Scharen an der Theke entlang, empfangen Kuchen und Tee, treiben dann weiter zu den Tischen und lassen sich auf den Stühlen nieder, die andere freimachen. In einer dieser auf und ab wogenden Gruppen landet Hartwig, der von seinem Krankentransport zurückgekehrt ist, an Anschis Tisch und setzt sich sofort, als sie einen Stuhl weiterrückt.

«Geht es ihm besser?»

«Schlechter», sagt Hartwig, «aber er wird's überleben!»

Lasse ist mit 38,5 Grad Fieber aus dem Bett aufgestanden und zur Aufführung gekommen. «Dein Lasse hat Mut», sagt Hartwig und strahlt Anschi mit seinen blauen Augen an. «Aber für dies großartige Theaterstück hat sich seine Anstrengung gelohnt!»

Anschi errötet unter dem Lob, senkt den Blick, nimmt hastig ihren Becher, trinkt und schluckt mit dem Tee ihre Verlegenheit hinunter. Beim Zurückstellen des Bechers streift sie aus Versehen Hartwigs Hand mit ihrer und zuckt erschrocken zurück, als sie seine Finger fühlt und die Härchen auf seinem Handrücken.

«Mach nur weiter», sagt Hartwig vergnügt, «ich laß mich gern von Frauen streicheln!» Anschi muß lachen. Heimlich denkt sie, wenn sie Lasse nicht liebte und wenn Hartwig nicht schon uralt wäre – sechsundzwanzig! –, dann könnte sie sich in ihn verlieben. Er trägt zur Feier des Tages ein weiches Hemd in Dunkelblau, halb aufgeknöpft, und als Anschi vorsichtig nach links schielt, gewahrt sie, daß er kein Unterhemd trägt. Er ist hübscher als alle anderen Lehrer an der Schule und scheut sich nicht, es zu zeigen. Nett ist er auch, denn er hat Anschi doch noch eine Vier in Mathe gegeben. Sie ist versetzt worden, aber unter der Bedingung, daß sie ihre Leistungen im nächsten Halbjahr verbessert. Außerdem ist Hartwig freigebig. Er spendiert Anschi einen zweiten Ostfriesen als ‹Gage› für die schauspielerische Arbeit. «Wie heißt das nächste Stück in eurem Programm?» fragt er, als er mit den Getränken von der Theke zurückkommt. Was für eine Idee! Hartwig wünscht sich ein neues Theaterstück von den Schauspielern!

Ein heftiges Winken aus der Schlange der Wartenden beim Kuchenbüffet. Birte hat Anschi mit Hartwig in der grünen Laube entdeckt. Sie steht neben Ortwin, tuschelt mit Carla und grinst ein paarmal zu Anschi hinüber. Bestimmt wegen Hartwig. Klar ist Birte gespannt wie ein Flitzbogen auf das, was ihre Freundin und der Lehrer miteinander zu reden haben. Soll sie nur! Sie würde natürlich selbst gern mit Hartwig beim Tee sitzen. Damit Birte merkt, wie angeregt in der Nische geplaudert wird, beugt Anschi sich zu Hartwig und erzählt ihm von dem neuen Theaterstück, das sie plant. In dieser Minute ist es ihr eingefallen.

«Wir spielen einen Krimi!»

«Interessant!» meint Hartwig und will noch mehr wissen, vor allem die Art des Verbrechens.

«Na ja ... Mord!»

«Hätt ich mir denken können!» Hartwig legt warnend den Finger gegen die Lippen. Bei dem Wort ‹Mord› sind einige Leute um sie herum aufmerksam geworden. «Wo passiert der Mord?» flüstert er. «Im Paternoster!» entfährt es Anschi.

Jetzt hat sie Hartwig verblüfft. Er guckt sie mit großen Augen an, schweigt eine Zeitlang, und dann fragt er: «*Wer* wird ermordet?»

«Der Beamte von der Meldebehörde!» sagt Anschi prompt. «In dem Moment, als der Paternoster über den Boden fährt!»

«Der Beamte?! Erstaunlich!»

«Er trägt braune Cordhosen», sagt Anschi, «braune Lederschuhe mit dicken Gummisohlen und eine braune Lederjacke.» Sie hat Hartwig betroffen gemacht. «Das kann doch nicht wahr sein!» Wunderbar, wie gespannt er ihre Geschichte verfolgt! Zuletzt fragt er noch, mit welchem Mordinstrument die Tat begangen wird.

Anschi überlegt. Nicht mit dem Messer. Damit ist schon der Schafhirte umgebracht worden.

«Mit Gift!»

«Hm.» Hartwig schüttelt zweifelnd den Kopf. «Ein bißchen schwierig im Paternoster, oder?»

«Gar nicht! Es ist einfach! Der Mann liebt nämlich rosa Lollies mit Brausepulverfüllung!»

Erschüttert senkt Hartwig den Kopf. «Der arme Dietrich!» sagt er. Dietrich? Einen Namen hat Anschi sich noch gar nicht ausgedacht.

«Mein Freund Dietrich», sagt Hartwig, «er arbeitet bei der Meldebehörde und trägt gern braune Cordhosen und eine braune Lederjacke!» Nun ist Anschi betroffen. «*Den* meine ich nicht! Ich hab die Geschichte eben erfunden!»

Sie habe *wirklich* Phantasie! lacht Hartwig, denn zweifellos gäbe es Männer mit braunen Cordhosen und Lederjacken, die in Behörden arbeiteten. Im übrigen brauche sie nichts zu befürchten, denn der Mord spiele sich ja nur auf der Bühne ab.

Aber Anschi mag nicht mehr weitererzählen. Möglich, daß Hartwig auch noch den Mörder kennt, den sie sich ausdenkt.

Ihr Gespräch wird von Birte, Carla und Ortwin unterbrochen, die sich, mit Bechern und Kuchenstücken beladen, einen Weg zu ihrem Tisch gebahnt haben.

Anschi und Hartwig machen Platz für die drei.

«Gehst du schon nach Hause?» fragt Birte enttäuscht.

«Ich will Lasse besuchen», sagt Anschi, «laß uns morgen telefonieren!»

Auf dem Weg durch den Festtrubel wird Anschi noch ein Stück von Hartwig begleitet. «Ich bin gespannt auf die ...» Den Rest des Satzes kann Anschi nicht verstehen, weil das Schulorchester plötzlich mit einem Trommelwirbel das Konzert beginnt. «Kriminalgeschichte!» brüllt Hartwig laut, und bevor er sich bei der Ausgangstür von Anschi trennt, macht er ihr noch, dicht an ihrem Ohr, den Vorschlag: «Ich geb dir Nachhilfe in Mathe, wenn du willst!» Hartwig ist *mehr* als ein Lehrer. Man muß ihn einfach gernhaben.

Vielleicht lehnt Anschi gerade deshalb sein Angebot ab. «Nee!

Ich will es allein schaffen!» Die Ablehnung wird ihr nicht übelgenommen. Hartwig lacht ihr zu: «Also auf Wiedersehen in der Sieben b!»

Die wuchtige Schultür aus Eichenholz fällt hinter Anschi ins Schloß. Mit einem Schlag klingt die Orchestermusik leise, und der Festlärm dringt nur noch gedämpft hinter Anschi her, als sie sich auf den Weg macht.

Sonnabends gegen sieben sind die Straßen wie leergefegt. Anschi kann die Erlebnisse dieses besonderen Tages, die wild in ihrem Kopf herumwirbeln, beim Spazierengehen ordnen und sich heraussuchen, was am schönsten war. Die Entscheidung fällt ihr schwer. Deshalb beschließt sie einfach, daß *alles* am schönsten war, und wählt den Umweg durch die Instrumentenstraße, denn was wäre das Schönste ohne diesen Abschluß.

Die Häuser haben den ganzen Tag in der Sonne gelegen. Ihre Mauern, die Anschi im Vorbeigehen mit den Händen berührt, strahlen Wärme aus. Jetzt brauchte Anschi ein Säckchen, um die Wärme einzupacken und sie Lasse mitzubringen, damit er wieder gesund wird. Ein unerfüllbarer Wunsch. Aber Anschi könnte Lasse die Geschichte von der Instrumentenstraße schenken, die sie noch niemandem erzählt hat.

Eben erreicht sie den Laden mit den Saiteninstrumenten und will ihren Augen nicht trauen. Im Schaufenster, zwischen den Gitarren, Geigen, Celli, Mandolinen, Harfen sitzt auf einem Hocker ein Mann vor einem Notenständer. Er hält ein Cello und streicht mit dem Bogen über die Saiten. Anschi kennt die Melodie nicht, die nur leise durch die Ladenscheibe nach draußen dringt, aber die Töne klingen rein und schön.

Immer hat Anschi davon geträumt, daß die Instrumente in der Brückenstraße lebendig würden. Es ist ungewöhnlich, in einem Schaufenster Cello zu spielen, aber nun geschieht es in Wirklichkeit, und Anschi liebt solche Verrücktheiten. Sie bleibt stehen, schaut und lauscht, merkt sich das Gesicht des Mannes – ein helles, freundliches mit blauen Augen –, merkt sich sein Haar –

lang und dunkel –, merkt sich Farbe und Form seiner Kleider – blaue Jeans und weißes Hemd – merkt sich auch seine Melodie, damit sie Lasse, wenn sie ihn gleich besucht, davon erzählen kann, so daß er sich fühlt, als sei er dabeigewesen.

In ihrem Versteck erzählen Dini und Helma sich ihre geheimsten Gedanken und Gefühle. Dini bewundert die Freundin, die soviel mehr als sie von der Welt der Erwachsenen weiß . . . Offen spricht die Autorin aus, was Mädchen im Pubertätsalter bewegt: ihre Fragen nach Sexualität, Liebe und Freundschaft, ihre Zweifel und Ängste. Band 385

Sophie, 16 Jahre, wird von ihrem Vater und dessen Freundin ins Internat «abgeschoben». Kerstin, das «schwarze Schaf», wird dort ihre Freundin. Als die nach einem nichtigen Vorfall rausgeworfen werden soll, begreift Sophie: Wer aus der Reihe tanzt, hat hier keine Hilfe zu erwarten . . . Band 371/DM 6,80

Leni will nicht so leben wie ihre Mutter: Behütet, ohne Beruf. Bei den «Wandervögeln» hört sie von neuen Ideen der Jugend: Ausbrechen – anders leben – protestieren gegen die strengen Regeln in der Schule und zu Hause. Aber gilt das auch für Mädchen? – Leni erfährt, wie schwer es ist, eigene Lebenswünsche durchzusetzen. Doch sie gewinnt Selbstvertrauen in der Gemeinschaft. Sie wird einmal ein selbständiges Leben und einen Beruf haben. Band 373

Marie hört immer neue schreckliche Gerüchte über Ursula, ihre ältere Freundin und Vertraute. Von einem Blutzeichen wird gemunkelt, das Ursulas Schuld am Tode eines Kindes beweise. Immer enger zieht sich der Ring um sie zusammen. Und auch Marie gerät zunehmend in Gefahr . . . Die «Hexe» Ursula hat übrigens wirklich gelebt: um 1500 in Nördlingen. Band 300/DM 5,80

Morella, ein etwas dickliches Mädchen, leidet unter Einsamkeit. Als ihre einzige Freundin ihren ersten Freund hat, will sie das Paar mit aller Gewalt trennen. Ihr Plan gelingt zunächst, aber dann wird die Intrige aufgedeckt. Band 348/DM 5,80

Irgend etwas stimmt nicht mehr zwischen Janne und mir. Was ist nur los mit uns? fragt Katrin sich. Janne nervt es, daß alle ihr die Schwester als Vorbild vorhalten. Und Katrin will nicht länger die Große und Vernünftige sein, die im Schatten der schöneren Schwester steht. Irgendwann fangen sie an, miteinander zu reden – auch über den Lieben Augustin natürlich. Wie kam es, daß sie sich ausgerechnet in denselben Jungen verliebten? Band 446

Der zwölfjährigen Nele fehlt die Geborgenheit, sie ist auf sich selbst angewiesen. Wolfgang, der Sportfreund des Stiefvaters, wendet sich ihr zu – und Nele gerät dabei in Gefahr, von ihm abhängig zu werden. – Einfühlsam und behutsam beschreibt die Autorin die Erfahrungen eines Mädchens, daß mißbraucht wird, sich aber schließlich zur Wehr setzen kann. Band 437

C 2287/3

Ein poetisches Künstlermärchen von Ehre und Schande, vom Clown, der seinen Zirkusdirektor verrät und nun durch die Welt reist, um sich von der Schande zu befreien, einen anderen um seine Ehre gebracht zu haben. Ausgezeichnet mit dem Oldenburger Jugendbuchpreis. Auswahlliste Rattenfänger Literaturpreis der Stadt Hameln. Band 517

Ein irisches Schiff mit einer salzigen, stinkenden Fracht macht fest in Emden. Edzard, Ostfriese, hat schnell heraus, was sich hinter dieser scheinbar alltäglichen Hafenszenerie verbirgt: Juwelenschmuggel per Fisch! Ein spannender Krimi in englisch-deutschem Sprachmischmasch. Band 417

Friedrich und Friederike leben da, wo auch die «Vorstadtkrokodile» zu Hause waren: am Rande Dortmunds. Die beiden Fünfzehnjährigen bestehen ihre Abenteuer mit Mut und Einfallsreichtum. Doch ist das noch die alte Kinderfreundschaft? Unmerklich fast ist da etwas Neues zwischen ihnen: Mal zärtlich und vertraut, mal spröde und fremd stehen sie plötzlich einander gegenüber. Band 391

Eine in sich abgeschlossene Fortsetzung zu «Blöd, wenn der Typ draufgeht!» (Band 113). Bert. als Mitglied einer Jugendbande nach einem Raubüberfall erwischt, wird aus der Haft entlassen. Findet der «Knacki» wieder eine Lehrstelle? Wie geht es mit Isa, der Freundin, mit seiner Mutter weiter? Bert weiß, er muß aufhören, sich zu belügen, muß herausfinden, was für ihn selber wichtig ist. . . Band 450

Der zwölfjährige Achmed und sein älterer Bruder Hassan kommen aus ihrem marokkanischen Dorf in eine große Stadt der Bundesrepublik. Hassan hat keine Papiere, scheinbar gibt es jedoch viele Menschen, die ihm helfen wollen. Die ahnungslosen Brüder sind schutz- und rechtlos allen Geschäftemachern und Erpressern ausgeliefert. Achmed hat Glück, daß er Freunde findet. Band 532

Walter und Mara, die in der Spielhalle am Bildschirm furchtbare Feinde besiegen und ferne Länder erobern, geraten eines Tages unter den Einfluß der Mutanten und Menschoiden. Erst als die Figuren keine Befehle mehr annehmen, die Schule durch einen Kurzschluß lahmgelegt wird und die Polizei erscheint, lösen sich Mara und Walter von ihrem Abenteuer. Keiner erfährt davon, nur ein geheimes Heft, das die Geschichte enthält. Band 455

Die Geschwister Mieke und Marcel sind ein Herz und eine Seele. Bis Jolie auftaucht, Marcels erste große Liebe. Aber wenn man sich so gut versteht, läßt sich auch darüber reden. Und dann kommt der verhängnisvolle Sonntag, der alle Fröhlichkeit jäh zerstört. Auf einem Familienfest bricht Marcel tot zusammen. Wie mit der Trauer umgehen, wie das Schweigen brechen, das auf allen lastet? Band 523

2288/2

Zwei Tage vermissen Hanna und Kerstin ihre Katzen schon. Hat da vielleicht jemand seine Hände im Spiel, der Katzen verkauft an Leute, die Tierversuche machen? Die Kinder sind auf der richtigen Spur – aber sie müssen ihren Verdacht beweisen ...
Band 344/ab 10 Jahre

Karin ist wunderschön, der heimliche Star der Klasse. Plötzlich verschwindet sie. Ratlosigkeit und große Angst herrschen bei Eltern und Mitschülern. Lebt sie überhaupt noch? Warum ist sie weg? Wo ist sie? Langsam kommt der Verdacht auf, daß sie in der Prostitution den Ausweg aus Kleinbürgermief und Ärmlichkeit sucht. Da kommt endlich der Brief... Band 519/ ab 14 Jahre

Als erste hat Julia es entdeckt: unter der zerstörten höllischen Schaufensterdekoration liegt verletzt ihr Klassenkamerad Hardy. Ein Unfall? Julia mag nicht recht daran glauben. Es muß doch Gründe dafür geben, daß Hardy so unbeliebt ist. Was für ein Spiel hat er getrieben?
Band 513/ab 13 Jahre

In einem Großstadtviertel werden nacheinander mehrere Raubüberfälle verübt. Rolf versucht, den Täter und seine Beweggründe herauszufinden. Den Hintergrund für diesen Krimi bildet das Automatenglücksspiel mit seiner Anziehungskraft auf Jugendliche. Band 439/ ab 12 Jahre

In diesem Buch gibt es nur eine Leiche, und das ist eine dumme Gans. Aber Müllmänner und Füchse geraten in Verdacht und Bürgermeister und Hasen in Teufels Küche. Einem Türmer fällt die Ladenkasse vom Fahrrad und ein Kommissar Tante Herta auf die Nerven.
Band 409/ab 9 Jahre

Warum heißt Matthias Schmidt, 14 Jahre alt, bei seinen Freunden seit neuestem Hasan Schmidt? Alles fing damit an, daß Matthias sich ein bißchen Taschengeld verdienen wollte. Allerdings stellt er dabei schnell fest, daß sein Job nicht ganz harmlos ist. Plötzlich ist die Polizei hinter ihm her. Ausgerechnet Türken verstecken ihn ...
Band 360 / ab 13 Jahre

Maddy Butler ist ein patentes Mädchen aus Süd-London. Florian Graf ist ein arrogantes deutsches «rich kid», das in den Ferien wegen schlechter Englischzensuren einen Sprachkurs in London absolvieren muß. Maddy und Florian geraten in einen Kriminalfall, den sie widerwillig gemeinsam und deutsch/englisch aufzuklären versuchen. Dabei mögen sie sich gar nicht und stehen ständig unter Spannung... Band 480/ ab 11 Jahre